第1923次
日落
sunset

张莺藐 \ 著

文化发展出版社
Cultural Development Press

图书在版编目（CIP）数据

第1923次日落/张莺觳著．—北京：文化发展出版社，2017.11

ISBN 978-7-5142-1974-6

Ⅰ．①第… Ⅱ．①张… Ⅲ．①长篇小说—中国—当代 Ⅳ．① I247.5

中国版本图书馆CIP数据核字（2017）第264721号

第1923次日落

张莺觳/著

出 版 人：武 赫
责任编辑：肖贵平 孙 烨
执行编辑：罗佐欧
责任校对：岳智勇
责任印制：杨 骏
排版制作：辰征·文化

出版发行：文化发展出版社（北京市翠微路2号 邮编：100036）
网　　址：www.wenhuafazhan.com
经　　销：各地新华书店
印　　刷：北京富达印务有限公司
开　　本：787mm×1092mm 1/32
字　　数：130千字
印　　张：7.75
版　　次：2018年1月第1版 2018年1月第1次印刷
定　　价：38.00元
I S B N：978-7-5142-1974-6

◆如发现任何质量问题请与我社发行部联系。
发行部电话：010-88275710

目 录
CONTENTS

引子 / 5

第1章·银格 / 8

第2章·入学 / 14

第3章·会面 / 19

第4章·黑影 / 22

第5章·噩梦 / 30

第6章·真相 / 35

第7章·小巷 / 45

第8章·自述 / 48

第9章·黑衣人们 / 65

第10章·礼物 / 75

第11章·火灾 / 81

第12章·酒醉 / 93

第13章·预言 / 99

第14章 · 重逢	/ 107
第15章 · 月亮	/ 117
第16章 · 雪域	/ 124
第17章 · 异瞳	/ 134
第18章 · 古城	/ 137
第19章 · 迷雾	/ 148
第20章 · 水井	/ 157
第21章 · 爱谁	/ 168
第22章 · 离开	/ 176

第23章 · 遗书	/ 184
第24章 · 失踪	/ 187
第25章 · 霍城	/ 196
第26章 · 事故	/ 203
第27章 · 雪崩	/ 217
第28章 · 苏醒	/ 222
第1923次日落 · 前传	/ 231
尾声	/ 247

目录 CONTENTS

引子

雪从空中落下来，粘在樱铭的睫毛上。有那么一刻，他的视线因为这片六角形的雪花变得模糊。

今天是平安夜，太阳刚刚落下，街上的路灯还没有亮起来，整座城市清冷得可怕。这时候所有人都和家人围绕在火炉旁靠着火把，除了他。

樱铭低下头，瞄见自己胸前那个并不显眼的黑色的徽章，细小的黑色钻石在黑暗里竟显得颇为璀璨。

他摇了摇头，璀璨这个词大概不会和他再有什么关系了。

他笑着，从屋顶跳了下去。

圣诞的歌曲仍然在轻快地唱着。

然而，在与地面碰撞发出巨大声响之前，樱铭消失在空气里。

等他再次现身已经是第二天的凌晨了。

他敏捷地翻进一扇窗户，悄无声息地在窗边站了很久却没有移动半步，像是离家出走的孩子在半夜偷偷溜进了大门。

难道不是吗？

樱铭垂下头，房间的样子在黑暗里仍然清晰。这里还是三年前的样子，除了那躺在床上熟睡着的他愿意用毕生心血去爱的妹妹。她长大了，每一年都是。

樱铭走近，把手里剩下的最后一张黑色的邀请函放到了她的床头。这张邀请函上除了他亲手用金色墨水写上的"天音"二字外和今晚发出去的其他邀请函并无不同。

"早安。"樱铭俯下身，轻轻地吻了一下天音的额头。他听到她在梦里呢喃道："哥，是你吗……"

明明知道那是天音在梦里的自言自语，但樱铭却不敢在这房间里再多待一秒。他太清楚，再多待一秒，他心一软就不会走了。

于是樱铭又敏捷地翻出窗外，却又像想起来什么一样转回身，从大衣的内侧掏出一条项链。

然而太阳在这时冲出了地平线，他的时间结束了，没有了黑暗庇护的他必须离开。樱铭把那项链又塞回大衣里，在金色的阳光刺破天际的同时，消失在已经被染白的天空里。

第1章·银格

(一)

她叫天音；天空的天，音符的音。但她在音乐上似乎没什么造诣。学过一年长笛，被选进过合唱团，但以自己主动放弃而告终。

有时候她自己都觉得有点对不起这个名字，因为这十几年来她完完全全地发展成了这温文尔雅的名字的反面。

两年拿下跆拳道黑带；被体育老师拉进田径队练了半年，然后就拿了全区第一；学了两个月网球就打进决赛……她从小到大根本就是一个女汉子的缩影，除了成绩很好之外和三好学生之类的乖乖女大概就没什么联系了。

不过她的父母给她起这样的名字也算情有可原，毕竟在有了她哥之后他们会认为她能成长为一名琴棋书画样样精通的女子也没什么可惊奇的。

她的哥哥叫樱铭；樱花的樱，铭记的铭。多半是名字里的那个"樱"字太女性化了，樱铭从小就漂亮得像个天使；甚至和大大咧咧的天音相比，他的心思也更像女孩般细致。

都说穷人家的孩子早当家，但没经历过什么坎坷的樱铭却惊人地懂事又早熟。在其他五六岁大的男孩每天在泥地里打完滚带着一身臭汗回家的时候，他就知道在运动完之后要冲澡，换一身整齐漂亮的衣服再回家。他白白净净的样子任谁也猜不出他在泥池里笑得有多灿烂。

天音记得以前经常开玩笑说樱铭的名字肯定是他们父母靠翻言情小说取出来的，樱铭也不否认，从来都只是温柔地笑笑。

这么多年，温柔就像天使的光环一样笼罩着樱铭。就算是见过他生气，见过他伤心，甚至见过他绝望，天音印象里最深的，始终还是樱铭看向她时温柔又宠溺的笑靥。

可惜再也看不到了。

今天是圣诞节。

这个想法让她兴奋得浑身一震，比她床头叫个不停的闹钟更有效地让她从梦中清醒过来。

她以前并不期待圣诞节，直到三年前。

三年前，在异地上大学的哥哥偷偷办了休学，然后就从这个世界上蒸发了。没有留下一通电话，一条短信，甚至一张字条。

尽管现在回忆起来已经有点模糊了，但那大概是她过得最昏暗的一段时光，那种无助的失落仍记得深切。很少流泪的她在那之后的一段时间里就像个经神病一样，经常莫名其妙地哭起来。坚强如她，哥哥的消失固然让人心伤，但心伤背后的那份担心与惶恐才是导致她有流不完的泪水的元凶。

从小和哥哥一起长大，天音清楚樱铭做什么事情必定都有他缜密的逻辑和思考，以他负责任的性格他不会无缘无故地消失。尽管她愿意相信一定有一个足以驱使哥哥消失的理由，但她至今也想不出这个理由，只能不由自主地和警方以及父母一样认为这场失踪是个意外。

三年间，天音的父母似乎接受了这样的事实不再费心寻找，但天音就算接受了找不到哥哥的事实，心里仍然抱着一丝希望。她是坚信哥哥依然活在某个隐蔽的角落的，不只是因为她说服不了自己，更是因为她每年的圣诞节都会收到来自哥哥的礼物，即使在哥哥失踪之后。

就像是有诅咒一般，每年的平安夜她就算喝再多咖啡还是会睡着，醒来时床头就会多一个连署名都没有的贺卡礼物。

天音知道那是樱铭，那种坚持用钢笔练出来的秀气的字体不会有别人会写。

希望今年也能一样，毕竟说到底，这是她知道的唯一能证明哥哥还活着的线索了。

天音坐起来，深深地吸了一口气，才慢慢地把头转向了床头柜。阳光透过窗帘落在床头柜上，躺在那里的黑色信封因此泛着一层金色的光芒。

这就已经足够让她惊喜了。

天音急不可耐地把信封翻到背面拆开火漆印，小心翼翼地取出了里面的贺卡。

不知道自己会看到什么，天音紧张又兴奋地翻开了黑色的贺卡，那上面只有一排简单的烫金的花体字：天音，恭喜你被银格录取。

那娟美的字体迷惑着天音，哥哥为什么要写这句话？

"银格"？这个词听起来有点熟悉，但是却似乎没有任何实质的意义。

银格，银格，银格！她一定在那里听过，而且不止一次两次。

她想起来了！相传银格是一个中转站，培养地球上有魂力（也就是会魔法）的人，然后通过银格去到另一个时空。记得在记忆并不清晰的童年里哥哥曾悄悄和她说妈妈是从银格毕业的，所以三年前天音曾大胆地猜想哥哥没有躲在这个国家的某个角落，而是去了银格。但三年前她这个猜想就被妈妈斩钉截铁地否认了，所以她也没有再见过银格这个词。毕竟，魔法学校这样的名称听起来就遥不可及。

但，或许，这就是一则暗示。或许，她去了银格就能见到哥哥。

（二）

去银格的飞机飞了很久，似乎比飞到地球另一边的美国还多花了些时间。天音在飞机上昏昏沉沉地睡着了。

恍惚间，她做了个梦。

她梦到一个人抱着她，有力而轻柔。仿佛她是被燃烧的火焰包裹着的那片羽毛，哪怕是再轻微的呼吸也会使她化为灰烬。诡异却温柔的场景，只是她除了那燃烧的红色，什么也看不清。

天音从梦里醒过来，飞机已经快要降落了。一道阳光透过飞机的小窗口刺痛了她的眼睛，外面金光灿灿的世界大概就是银格吧？或许是太阳落山的缘故，远处积着雪的树林，有一种神圣不可侵犯的威严感。

天音从反射着太阳金黄色光芒的树林里收回了自己的视线，想要重新温习一下那诡异的梦。只是等睡意总算又涌了上来，飞机轻颠了一下，着陆了。

第 2 章 · 入学

天音是银格所有新生里最后注册的,落单也使她成了唯一有单独卧室的人。

这就像一个不好的开头,在接下来两周的新生培训里天音一直都是形单影只。白天和大家一起参加新生培训,她不主动接触别人,有人和她做朋友她也不冷不热,所以并没有和谁有什么深交,最多只是见到面可以互相打个招呼。

天音的性格和人缘其实向来都不错,是那种恨不得在哪里都是大姐头的程度。只是这一次,整整两周的时间里,她都在犹豫。犹豫要不要留在银格。

她来到银格是凭着一时的冲动,有很多事情都没有考虑周到。茫茫人海,她要如何才能找到哥哥?如果,如果哥哥不在这里,她以后还要待下去吗?现在退出或许还来得及，她有时会这么想。银格大得无边，学生更是人数众多，若想找到哥哥怕不是一天两天就能完成的事情。何况如果她现在回去，父母也会更开心吧。

如果她也和哥哥一样人间消失，父母真的经得起两次打击吗？天音知道答案，也正是这个答案让她纠结，让她惶惶不安。

只是日渐一日地，在结束了白天高强度的新生训练，回到一个人的宿舍后，天音心里那个告诉她要留下来的声音就会变得越来越强。

那个声音告诉她一切都会变好，尽管她做出的选择没有回头路。

所以，淘汰了一般新生的培训被天音熬了过来，迎来了入学测试。

入学测试在一个宛若冰晶的立体迷宫里进行，这座迷宫在学长间流传着一个名字——"绝望的水晶阵"。之所以称之为绝望，是因为水晶迷宫和伸手不见五指的黑夜一样会带来强烈的对未知的恐惧。在每堵透明的墙壁背后隐藏着不知用什么手法造成，却也是透明的机关。在通体都是透明的白色迷宫里走久了，总会错觉自己在走回头路，而隐藏着的机关更会让人心惊胆战。若是有两人同行或三人结伴，这样的恐惧或许会减少一点，但天音直到在迷宫里彻底迷了路都仍是独行。

　　天音蹲在地上哭了起来。像是被命运捉弄了一般，她刚下定的要在银格风风火火走一趟找到哥哥的决心，现在就因为这样的考试而破灭了。而她不是不努力，她从进入迷宫就没间断地在走，只是要抵达的位于迷宫中心的出口却离她一直是那么远，走了这么久她还游离在迷宫的边缘。但是她没有停下啊，尽管她一次又一次地走到死路里，尽管她透过玻璃看到的景致都是同样的。

　　天音戴在手腕上的计时器闪了两下，进入了一个小时的倒计时。

　　"没事吧？你一个人吗？正好我也是，不如我们一起走吧。"一个很平静的女声响起。

　　天音从膝盖里抬起头，她一路走来明明谁都没看见，而现在一个女生就蹲在她的面前，精致的五官一览无余。浓密的眉毛，漆黑的双眸，高挺的鼻梁，尖尖的下巴，所有的五官都标准地诠释了精致漂亮这个词。然而这些标致的五官组合在一起却又不是中规中矩的平庸的美，而是有点美有点酷又有点潇洒的独特的混合体。

见天音没有反应，对方又补了一句："如果你不介意的话。"

"当然不。"天音接过那人伸出来的手，心里的急躁似乎被那安静轻柔的语调抚平了。

"叫我幽光吧。"对方说，简洁而明了。

碰到幽光大概就等同于天音的时来运转。相比起自己的蹑手蹑脚，幽光行走在迷宫里几乎是放松的状态，那些骇人的机关在她的处理下都变成了小菜一碟。不仅如此，她似乎有一种避开死路的运气，她们一路走来基本没有走回头路。

"幽光？"

"嗯？"

"你简直不像个新生。"而且这般才华和样貌，她两周都没注意到怕真的是因为她始终没有专心。

"因为我就不是啊。"幽光笑着转过头，如沐春风。

"怪不得你这么厉害！"幽光平静的反应倒是让天音很惊奇。

"哈哈，没有啦，这种地方多走几次就好了。"幽光站住脚，蹲下来。表情随着左眼扫视了一遍地面之后不自觉地变得严肃了起来:"我到地方了,你接下来勇敢地向前走就好了。入学测试不过是因为银格希望收集一些数据,就像新生培训一样,除非是你主动放弃,否则银格不会以一场考试拒绝你入学。还有,认识你很高兴,有机会再见。"

在天音还没来得及回答什么之前,就看到幽光脚底下的坑陷因为其移动的脚步而出现了倾斜。幽光随着那缝隙滑了下去,悄无声息地,只留下坑陷里一摊因为地砖不倒翁式摇摆而从地下涌出的清澈的水。

天音手足无措地站在原地,在幽光从缝隙里溜进去之后那里就又变成了一块普通的地砖。下面全是水,天音的常识告诉她应该去救人才是,但是以幽光的身手恐怕她就算能把这块砖敲开也只能是帮倒忙吧。更何况来银格也不是一天两天了,怪事也该见怪不怪了。所以还是听幽光的话,向前走好了。

天音看了一眼手表,倒计时还有十分钟。

第 3 章·会面

那天考试是幽光和天音的第一次见面,但显然不是最后一次。

两天后天音以正式学员的身份搬进新宿舍的同时再一次见到了幽光。

幽光是天音的银格校园向导,说直白一点就是带新生熟悉校园的学姐。

她们约在银格刚翻修过的一条古街上的火锅店里见面。那条街不很长也不很热闹,但冬日里的阳光洒在石板路上像盖了一层霜一样,也是一种安然的惬意。

餐厅在街的转角,走进全玻璃的大门就像走进了被植物覆盖的热带雨林,还夹杂着火锅的咕嘟声以及人们的低语声。

地点是幽光定的,幽光说整个银格应该找不出第二个比她更爱吃火锅的人类了。

天音到的时候幽光已经到了，不只是幽光，她的身旁还坐着两位男生。两个男生共享着一副红色的耳机，低着头不知道在手机上看着什么。

"这是浮尘。"幽光指向和她一样穿了一身黑，耳上戴铁黑色的耳钉，头发用发胶轻微地整理过，又酷又很绅士的男生说。从她一个外人看来，他和幽光就是妥妥的情侣相。"也是我的男朋友。"

"这是天诺，我的弟弟。"天音望过去，坦白来讲，那天要不是幽光介绍说天诺是她的弟弟，天音大概永远都不会发现。幽光有一头浓密的黑发，但天诺的头发却是温柔的奶咖色；幽光的唇是丝绒般的红色，但天诺刀锋般的唇却像是涂了蜂蜜一样晶莹的淡粉色；幽光的眸子是浓郁的夜的黑色，但天诺却是琥珀般透明的蜂蜜色。

阳光从玻璃窗外照进来，仿佛在天诺身后打了一层耀眼的光晕，像是天使的光环。

他嘴角勾起一个漂亮的弧度，牵动着眼角眯起来，温柔犹如天使下凡。那温暖的笑容在她心里轻轻地激起了一层涟漪，她从未见过如此精致的面孔，尤其是那笑容间的温度，熟悉得仿佛哥哥的一样。

不过是有些相似,天音默默骂自己傻瓜。

"很高兴认识你。"天诺的声音就如同他那头奶咖色的头发一样丝滑。

"点菜吧。"幽光把桌上的菜单递给了天音:"点你喜欢的就好,反正今天是学校请客。"

"还是你们点吧,我都可以的。"天音摆摆手,并不清楚这三个人的饮食习惯,她不想尴尬。

"天音是吧?你确定吗?你要是把菜单放到对面那两个穿着黑衣的恶魔手里待会上来的菜可指不定是什么呢。牛骨髓、猪脑花、鲜鸭血这类都是常规的。牛蛙什么的可是也不在话下,你可要考虑好啊天音同学。"天诺笑眯眯地把菜单塞进了天音怀里,同时给幽光和浮尘偷偷做了个鬼脸。

时至今日,天音早就忘了和这群她未来在银格最亲密的人在第一次见面时聊了些什么,只记得那天愉快的气氛(虽然只是第一天认识,但是她一点都不觉得陌生)和三张美丽得让她窒息的面孔。但如果回想起来她会意识到,那一天在阳光穿过寒冷的空气、透过玻璃、终于洒到他们身上的时候,他们的命运就像绳结一样被紧紧地编织在了一起。

第 4 章 · 黑影

开始上课后的一个月新鲜感褪去,天音的校园生活变得规律起来。因为是新生,要学的东西很多,所以天音每天忙忙碌碌竟没什么时间去调查哥哥的事情。

说来可笑,天音选择来到银格,选择努力留下是因为哥哥,但是当她真的在银格生活了一个月之后,她发现她真真切切地爱上了这里。爱上了和幽光在悠闲的夜晚泡温泉,爱上了在下课之后去咖啡厅找天诺吃顿便餐,爱上了充实的课表……

听起来或许无情,但人的精力是有限的,当某样东西占了上风的时候,其他事情就会变得没那么重要。当天音的生活被新的友情和课业充满的时候,她去寻找哥哥的冲动就变淡了;直到将近三月仍然飞着碎米般的细雪的那天晚上。

在幽光和天音像往常一样走去汤池的昏暗的路上，天音忽然感觉到了背后有一股熟悉的气息，熟悉到在寒夜里她也觉得温暖的气息。

那温柔如水的气息她很久没有想起，却深刻地知道除了哥哥不会有别人。天音转过头，没想到幸运会来得这么快。然而，除了被路灯照得透亮的纷飞的雪花，她们背后什么都没有。天音的神色黯淡下来，像是被抢走了心爱的玩具的孩子那样委屈。

幽光把这一切看在眼里，虽然有点疑惑却默默地选择什么都不问："银格还是安全的。再说，我可是会拳击的，他要更怕我一点才好。"

"没有，就是觉得碰到熟人了。"

"朋友吗？"

"嗯……算是吧。"

"那过去打声招呼吧。"

"没关系，已经看不到人影了，之后还会遇见的。"天音不舍地又看了看背后，那里空空如也，如同她的心一样。

"随你了。"幽光看了一眼背后，她感受到了那一闪而过的气息，天音这么在意的人，会是他吗？

幽光回过头，选了山坡上的一片清池和天音钻了进去，她无心多想。

深信自己的感觉不会错，即便天音告诉自己不要再多想，但那被触起的名为感性的涟漪却止不住地在天音心里荡漾着，像是一颗石子扔进水池里激起的水波一圈又一圈久久不能散去。

在微醺的雾气里，天音和幽光都没有说话，只是一齐静静地望着天上那皎洁的明月。算一算，元宵刚过，天上的月亮已经微微地缺了一个角，但银白色的月光却仍然温柔似水地流下来，穿过浓浓的雾气，淌进她的心里。只是可惜再温柔的光芒也无法填补心中的那角空缺，只会让人下意识地去回忆过去的种种美好，然后发现那道快要愈合的名叫思念的伤又裂开了。

"幽光，我刚刚撒谎了，我以为我遇到了我的哥哥。亲哥。很可笑吧？我也这么觉得，所以刚刚没有解释，对不起。你……想听我和哥哥的故事吗？"

北风把雾气吹开，或许因为是夜晚的缘故，天音从白天留下来的兴奋也一并被寒冷带走了。只是此刻她不觉得疲倦，无数的回忆涌上她的心尖，心里的湖水却就像天上那轮静谧的月亮一般波澜不惊。

"你大概会很惊讶我有一个哥哥吧，毕竟我们认识这么长时间我都没有提起过他。但不是因为我们不亲，正相反，我们关系好到可以不用说话就知晓彼此的心事，就像你和天诺一样。

"哥哥叫樱铭，第一个字和我的音发音相似，只不过是樱花的樱，铭记的铭。他比我大三岁，却永远都显得比我成熟稳重许多。或许这和年龄没有关系，他天生如此。说来你可能不信，但哥哥生来就是小说里完美无缺的那一类男主角。从小就漂亮得像个天使，与生俱来的温柔，像天使的光环一样笼罩着他。光是这两点就注定了哥哥的桃花运一向不差。

"看起来文静又柔弱的外表加上他那纤细到看似弱不禁风的体格，哥哥本应该是容易被男生孤立的，但一直都不争不抢的他却被我们学校田径队里其他以运动为生的运动员推选为队长。坦白来讲我们学校的田径放到全国也是数一数二的，哥哥的实力相比之下也未必多么突出。只是他柔和的外表下有一种神奇的领导力，平时能和全队的队员谈笑风生，需要发号施令时却又会不自觉地被敬仰，纵使是那些孤傲叛逆惯了的队员对哥哥也是言听计从。

"这其中就以和哥哥同届的副队长霍城为代表。霍城在某种意义上是哥哥的完全的反面：抽烟喝酒，打架耍狠都是他的特长。但不知为何，霍城对哥哥有一种依赖，近乎崇拜，类似顺从。两个人在一起成了传说中完美的白脸和黑脸组合，甚至我初中毕业的时候田径队的教练仍然对他俩念念不忘。

"因为哥哥的关系，我和霍城也熟悉一些。越是长大就越发现，不良少年不过是霍城的伪装。只是伪装久了，他就习惯了，和那个本身善良的自己走得远了。像是很多小说里写的那样，霍城的父母离异后就抛弃了他，他从小到大就像是一根自立更生的野草。不爱学习，但又不想像父母一样堕落，霍城拼了命地训练，就是想靠特长上个好大学。但好在他有天生适合当运动员的体质，再加上那股天不怕地不怕的狠劲儿，他在校里校外都很吃得开，也算是过得不错。

"转折点发生在哥哥中考的最后一天。那天哥哥像往常一样坚持着晨跑，也幸亏他那天晨跑的时候走了他并不常走的鲜有人经过的小道，才得以发现倒在血泊里只剩微弱呼吸的霍城。医生说，若再晚两个小时，霍城或许就没命了。

"这些故事我是后来才知道的，听医护人员说见到樱铭的时候他的双手已经抖得不成样子，连手机都握不稳。哥哥不仅错过了那天下午的最后一场考试，在那个人人都在狂欢的初三的暑假，也把整个暑假都花在了医院里。在那之后很长的一段时间里，哥哥就像变了一个人。嘴角的温柔都消失殆尽，眼角剩下的也只有忧伤。有时候能看到他双眼微微地合上，低着头，像是在忏悔，又像是在祈祷。

"我知道他是在自责。

"据霍城说，他会伤成那样是因为车祸，肇事司机在撞了他之后就逃跑了，因为是小巷，没有留下什么记录。霍城说，他也不想再追究了，毕竟他一个人势单力薄，想查也查不到。警察自然乐意就这样结案，但这却成了樱铭心里的一根针。

"我也是很久之后才知道，发生事故的那一晚霍城曾大半夜地约哥哥出去吃夜宵，只是被哥哥拒绝了。哥哥曾经和我说：'我要是和他在一起，这样的事情就不会发生，他也就不会，不会成为现在这样。'

"霍城的父母给霍城扔了一笔钱让他做康复治疗，但是康复治疗后他的身体机能根本恢复不到当初，靠田径进梦校的希望也因此彻底地断了。这大概也是哥哥一直自责的原因。但无论如何，糟糕的情况并没有持续那么久。哥哥在暑假过后又回到了以前的样子，只是他嘴角总是挂着的那一缕淡淡的笑变了，变得清淡又悠远的像一杯清茶。有人说，这是因为哥哥真的长大了——在摔跤后爬起来的那一刻他总算成长成了一个男人。

"只是那一年他只有十五岁，不过还是个孩子的年纪。现在想来，哥哥大概只是把那件事默默地埋在了心底。骄傲地不想让周围的人担心，他才会把勉强的笑容笑得那么真实，那么温柔。微笑着面对艰难与困苦、刁难与质疑的勇气并非谁都有的。

"其实并不是什么值得到处宣讲的故事，只是忽然想讲给你听。我和哥哥已经很多年没见了，在他大一那年他失踪了，从那以后我就没见过他。我一直有个猜想，猜测哥哥在银格，因为我每年都会收到他的圣诞礼物。但是今年什么都没有，只有银格的这封邀请函。所以我就来了，希望能找到他。

"我希望能找到他不仅仅因为我想他了，我还想知道他过得好不好，想要关心他。就算三年的时间已经足以让一切变得物是人非，但我也想紧紧地抱住他，像他曾经在我失落时给我的拥抱一样，告诉他不要逞强，告诉他我长大了，告诉他不用为我担心了。"

"幽光,我都不知道自己现在在讲什么了。"天音从汤池里捧了一捧水浇在脸上,滚烫的泉水把她的脸烫得微微有些泛红,但她至少觉得清醒了一些。

"天音,我会帮你的,一定。"幽光紧紧地抱过天音,感谢这个世界只有那么小,小到仿佛有一张隐形的网可以把所有独立、似乎毫不相连的个体都连接了起来。幽光回想了一下小巷里那黑色的影子,她知道她认识他:"你一定会找到他的。"

"幽光,谢谢你。"

幽光轻轻摇了摇头,那个笑容天音读不懂,只觉得在黑夜里显得那样美。

第 5 章 · 噩梦

天音的宿舍楼与其他的宿舍楼构造不同，形似客家人的土楼。一圈宿舍楼围绕着中间一台类似于冰滑梯，或者说是电梯或许更为恰当的设备。整座冰梯是由很多段可以自由组合的通心粉形的冰滑梯拼接而成的，这一段段的冰会根据每次要去的不同房间而拼出通往各个房间的不同的路线。冰做的胶囊样的电梯厢则顺着滑梯直接把人送进房间。

天音梦到那通体都是晶莹透明的蓝色滑梯，在驶出起点之后变得越来越昏暗，后来闪了两下，肉眼失去了所有的光源。

在那一瞬间，她听到幽光的吼叫："靠着墙。"

简单的三个字穿透她的耳膜，在她双耳里留下嗡嗡的回响，并不像是往常梦里仅仅停留在大脑里的无声的呐喊。

天音下意识地用双手寻找墙，但还没来得及触到墙壁就被几股从不同方向袭来的力量甩了出去，重重地摔到了幽光身上。

她瞪大眼睛，但越是试图聚焦越看不清楚，紧张到根本意识不到发生了什么。她只觉得她和幽光抱在一起像是从山顶滚下山坡的石头，摔了一下，一下又一下，然后飞出了悬崖，直直地向下坠去。

在那一刻，天音忽然感觉自己离死亡是那么的近。

天音惊醒过来，发现她躺在宿舍柔软的床上。窗帘被拉上了，没有开灯，和记忆里的上一个片段一样漆黑。她的指尖动了动，被子柔软的触感还带着她身体的温度。

是不是忘记了什么？刚刚是不是做了什么奇怪的梦？天音试着回想刚刚梦里的场景却一无所获，记忆的上一个片段仍停留在自己和幽光坐电梯时经历了停电。

"幽光？"天音试探性地问，没有人回应，记得幽光和她约好今天在这里过夜的。

"幽光？"天音伸手把周围的灯光调亮了一点，卧室的房门关着，幽光大概是在客厅里吧。这样想着，天音撑起身子坐起来，最近真的是太累了，连自己怎么睡着的都不记得。

"醒了吗？"有人推开房门进来，那声音不是天诺吗？他在这里做什么？她倒是不介意他私闯民宅，只是大晚上的有什么事吗？

天音把手臂挡在还没适应房间灯光的双眼前，看到天诺径直走向她，装模作样地把左手腕搭到了她的额头上，右手则颇有其事地放在自己的额头上："还好只是嗜睡，没有发烧。"

"在搞什么鬼啊？太监掐脉吗？"天音装出一脸夸张的嫌弃的表情，却懒得推掉天诺搭在她额头上的手腕。

"是太医，不是太监。"天诺故意拖长了语调，松开搭在她额头上的手腕，就势在天音的床头边坐下来。似乎是并不太满意他的位置，天诺用左手把身体微微撑起来，移动了一下身子方便自己把胳膊肘搭到天音的床头上。

天音挑挑眉，要是有哪个姑娘看到他这样随性的样子恐怕会像吃了迷魂药一样地爱上他吧。记得第一次见到他的时候心里也真真切切地心动过，当时脸颊上的红晕现在回想起来竟然还能记得几分温度。但似乎也就是如此了，天诺更像是她的哥们儿或者弟弟这样的角色。见过他撒娇耍宝，会和他打闹成一团，不需要化妆，不需要打扮，打个电话就能约饭，他们最随性、最真实的一面都已经被对方见过了，也就没有了成为情侣的冲动。但就算如此，天音仍然不得不承认，天诺那清澈如琥珀的眼里总是在不经意间流露出勾人的迷离，一不小心就会深陷其中。

"随你怎么说啦，你姐呢？"

"姐有事就先走了。"

"在早上六点？"天音看了一眼表，幽光什么时候变得这么勤快了？

"没，昨天晚上。"

"啥？"

"姐说等救援来的过程里你就开始睡，然后就这样在这躺过了一个白天，叫都叫不醒，她怕你睡出什么问题就叫我来看一下。"天诺看天音仍然一脸刚睡醒迷糊的样子补充道："超离谱的，你已经睡了整整28个小时了。"

"真的假的？"愚人节应该早过了吧？天音捡起床边的手机，打开日历发现最近忙到根本连前天是星期几都不记得。

"骗你又没得赚。"

"好啦，我饿了，给你做早饭当报答成不？"

"不用了，等你的时候无聊已经做好了。"

天音难以克制地有些吃惊。她认识的天诺是那种在夜店玩到后半夜，每天就两顿饭而且不是叫外卖就是在下馆子的人。连食堂都不怎么去的小少爷在她的惯性思维里应该是灶台三年不开火，最多不过煮个泡面而已的吧。要说天诺亲自下厨，那画面还真有点难以想象。

"怎么，不敢吃吗？"

"哪有，既然你敢做我有什么不敢吃的。"

"好，你等着。"天诺笑起来，温暖得像个太阳。他站起身，白色T恤因为动作过猛跟着被微微撩起来，露出八块腹肌的影子。他不好意思地把衣服拽下去，微微地吐了一下舌头。不知道为什么明明常常健身，却即使是在同性面前也不习惯裸露出肌肉。

天音没说什么只是回应了天诺一个笑。待在他的身边，心情总会像是被午后的阳光照过一样暖暖的，不由自主地就会觉得轻松。

看着天音那眯起来的眼睛，浓密的睫毛像蝴蝶的翅膀那样扇了一下，天诺粉嫩的薄唇也上扬出了一个更美好的弧度。

第6章·真相

（一）

天音的梦是真的。

二十六个小时前幽光去天音的宿舍过夜。就像是电梯没电了一样，幽光和天音踏上冰梯之后不久，冰梯幽幽的蓝色便开始消失。因为冰梯独特的工作方式，幽光意识到支持冰梯运行的魂力的减弱或许会带来不可设想的严重后果。

虽然这样想着，但不过是电光火石之间，冰梯直接转换了轨道，直直地向下坠去。她在黑暗里让天音靠近后面的墙壁，但似乎已经太晚，天音被直直地甩向她，抓着她的衣服，和她和电梯厢一起，生硬地撞到了大楼的水泥墙上。

在黑暗里虽然看不见，但幽光清晰地感觉到在巨大的冲击力下她们没能停下来，而是跌跌撞撞地向下滚去。

只是并不像电影里那样时间会被无限地拖长，在几十秒的颠簸和坠落之后电梯厢已经碎得没有了骨架，幽光也终于抱着天音从电梯的保护壳里摔了出来。

幽光向后移动了一点点，留出空间把压在她身上、像是晕了过去的天音从她身上移开。说实话她现在的状况不是很好，刚刚在空中的时候她试图用幻影移形，但她所有的魂力都禁锢在身体里，像是凝固了的冰块一样，就连把魂力集中到手上这样平时做起来易如反掌的事情也做不到。

短时间内自救是没有希望了，天音的手机落在了宿舍里，幽光的手机也在混乱中不知道摔到了哪里，求救也行不通。

没有光源，也没办法求救，在黑暗中再随便移动更是自寻死路。真的是世事无常，两分钟前还在和天音天南地北地聊无用的八卦，现在就深陷如此绝境。

还好幽光检查了自己身上除了像被撕裂一般地疼痛似乎并没有什么致命的伤口，也没摔到伤筋动骨一百天的程度；天音的呼吸也十分平缓，不像是昏厥，更像是睡着了一样平静。

这样的情况她们至少还有资本选择等待，等到天亮看清楚状况或者等身体恢复好一点再做打算。幽光把身子团起来，那几十秒的颠簸已经足够漫长了，她现在将独自面对的，是成百上千倍更长的等待。然而，她除了默默地数数，什么也做不了。

第几个一百幽光记不清了，但她记得她不止一次地在数到一百前想到了浮尘的脸，想起那对因为她而眯起的笑眼。她还想到了天诺，想起自家弟弟咖啡色的头发。像每个濒死的人，幽光想到如果她再也见不到他们，想到种种如果，幽光的泪不自觉地流下来。她知道她找不到理由安慰自己停下，但她也意识到她需要强迫自己去想点有用的，因为今天不是她应该选择放弃的日子，远远不是。

她欠着天音的承诺还没有实现。至少如此。

幽光终究等来了黎明，但那并不是朝阳金灿灿的光芒，而是从地底一层层向上渲染的蓝色的光芒。一节又一节透明的滑梯和光芒一起升起来，悬浮在空中，重新组成了一个巨型的滑梯。

幽光眯起眼睛，在蓝色的光芒下她能看到周围灰色的墙壁上一环一环的只有三个人宽的楼梯。被电梯撞碎的那几阶就在她们斜上方不远。撞碎的地方后面应该就是天音的宿舍了，但是以她现在的体力光是走到那里都是遥不可及的事情，更别提天音还像是昏睡过去了一般。

幽光向下看去，没能看到底就把头缩回来了。下面什么都看不清，只是一片模糊的蓝色的水汽，但楼梯盘曲而下，似乎没有尽头。

好消息是随着光源的出现，幽光身上的魂力又慢慢流动了起来。幽光想到一个冒险的办法，尽管这种置之死地而后生的机会只有一次，如果失败了，恐怕全盘皆输，但似乎也只有如此才有可能救下她和天音。

幽光咬紧牙，她知道只能如此。刚刚看到的深度足够了。幽光紧紧地抱住倒在一旁的天音，猛地蹬向身后的墙壁，和天音滚了下去。

那一刻，像是在飞翔。

（二）

二十四小时前幽光抱着天音出现在训练场里，被正要开始早训的浮尘送进了医院。

幽光受的外伤比天音重很多，但是直到被送进医院幽光都还强撑着。天音的伤和幽光比起来简直比刚摔了一跤还轻,但是却始终醒不过来。医生检查过,说她并不是昏厥,身体也没有丧失任何机能,只是简单地睡了过去。

医生说,或许是因为她不知道怎么控制魂力所以被震晕过去了,好好休息就好。这样的事情在银格并不罕见,所以浮尘就把天音送回了房间,扯了个谎让天诺去照顾她。

这件事情还是知道的人越少越好,甚至如果可以的话,最好连天音都不要知道。

大祭司把浮尘拽到幽光病房的隔壁,眉头紧紧地皱在一起,足足沉默了两分钟。

浮尘牵挂着躺在隔壁的幽光,每一秒离开她的时间都变得漫长。见大祭司思索了半天似乎就算再思索下去也没有头绪,浮尘终于打破了沉默:"大祭司,您有话要和我说?"

"等等,"大祭司的手指一下下地敲着胳膊肘,那是他的大脑在飞速运转着计算时的特征:"下个月和我回一趟地球,可以吗?"

"没问题。有什么需要我特别准备的吗?"浮尘问。

他清楚大祭司的问话等同于命令,不过还好,一个月后幽光的伤应该能恢复大半,大概就不会那么需要他了。

"你记得霍城吗?樱铭的朋友。这次可能会遇到。"

"知道了,我会去准备的。"

"嗯,没问题。"大祭司点头,浮尘的能力他从不怀疑:"还有一件事。你觉得,幽光加入暗夜骑士的可能性是多少?"

"她的能力在田教练的调教下还会有很多提升的空间,她会成为合格的暗夜骑士我不怀疑;但是我想,她到目前为止应该没有考虑过成为暗夜骑士。"

"了解。我待会儿想和天音的医生聊一下,能帮我叫一下他吗?"

浮尘点了下头,退出了房间。

(三)

"大祭司。"幽光看到大祭司从隔壁走过来,想从躺着的病床上坐起来,但全身上下的肌肉却都在和她抗议。

她确实没想到这件事情会惊动到大祭司,虽然事故不算小，但是结果严格来讲比事故应该带来的伤亡要小很多，并没有什么形式需要走。

大祭司身为整个银格的决策者和绝对的实用主义者，来找她不会是为了这类做做样子的事情。恐怕，是因为入学测试的那一天。

那天会帮助天音是个偶然，或许是因为她让她想起了几年前的自己，但那一天她碰到天音却并不完全是偶然。入学测试那天，她作为学姐，本来是不该也不被允许进入那座迷宫的。只是那天黑衣人——大祭司的护卫兼秘书，找到她说大祭司要见她，而大祭司的办公室的入口就在那座迷宫的终点附近。

那天的对话她至今还记忆犹新，那是她这么多年来第一次如此详细地了解到暗夜骑士——银格的开拓者们。

两千两百年前，三位骑士从"第一世界"的战乱中出逃，在混沌中用自己的魂力开辟了一个微小的时空作为他们温馨的避难所，这就是银格的前身。

据说三位骑士在第一世界里也都曾位高权重，只是被陷害后为了避免残杀才逃到这强行分化出来的空间里。因为所有的物质在形成之初都是不稳定的，三位骑士也才因此在这崭新时空的一次震动中找到了通往地球的路。

不甘寂寞的他们把和第一世界很像的地球（也称之为第三世界）与银格（也称之为第二世界）之间偶然的连接变成了一条永恒的时空隧道。有两位骑士在地球上居住了相当长的时间，或许也是这段经历使他们最后建立了银格。

在千年前，魂力的存在多被解释为灵异现象或者巫术，为了躲避纷争，三位骑士才想出把他们避难的空间变为一所学校，这样在独立的空间里会少一些干扰。

再后来，虽然三位骑士已经不在了，但银格却被他们的亲信找到。银格被保留了下来，而后发展成了地球与第一世界间的枢纽：魂力出众的人在银格学到魂术之后可以选择去第一世界；同理，若是要从第一世界到地球，通过银格也不是没有办法。

后人将这三位开辟混沌的人称为"暗夜骑士"。大家以为这样的称呼多是为了纪念，但实际上，暗夜骑士是这三位骑士早在第一世界就有了的称号。

三位骑士都是第三世界里暗夜骑士团（简称暗夜）的成员。暗夜里的每一位成员的职业不拘泥于战士，但他们却都英勇机智，活跃在自己的领域里。他们聚在一起是为了正义，而非国家的纷争，因为做事不留痕迹仿佛黑夜里的魅影而获名暗夜骑士。

这层特殊的身份被保留下来，三位骑士也把这份神圣的使命传给了他们的得意弟子。依照暗夜的传统，每位骑士有一次引荐的资格，被引荐人的表现如果可以得到其他成员的认可方可加入暗夜。而三位骑士中有一位骑士长，骑士长在特殊情况下可以决定人数的增减。

大祭司那天邀请她加入暗夜骑士，成为她这一代的第三位骑士。

除了浮尘，幽光从未想过她会和暗夜骑士这四个字有任何关联。浮尘是何等优秀的人她就算不是浮尘的女朋友也能略窥一二，如果浮尘不成为暗夜骑士她都会感到惋惜。而浮尘是暗夜骑士这桩秘密对她来讲就像房间里的大象存在了这么长时间，幽光却一直聪明地懂得不问太多。她知道浮尘有很多限制，只是因为信任她所以尽管不能直说，还是会尽量不让她担心。所以她清楚地明白暗夜骑士除了是一份无尚的荣誉，也是一份沉重的使命。

她幽光是个讲究实际的人，有羞耻心但是对荣誉并没有什么渴望，所以这样的头衔只相当于让她的生活凭空多了几分危险和难熬的训练。不过对于训练她从浮尘那里多有耳闻，知道对她魂力的提高会有很大的帮助。

利弊各半，加上幽光并不确定能不能担得起这暗夜的责任，她当时并未给出明确的答案，好在大祭司似乎也没着急要这个答案，说让她慢慢想不着急，他会再来找她。

这一次来除了探望她，应该也是为了这个答案吧。

"躺着吧，没关系。"

"是。"

"我这次来是为了三件事。第一必然是关心你的安全，但是有浮尘照顾你我想就没什么可担心的了。第二是为了问一下事情的经过，浮尘在你休息期间也基本都和我说清楚了。第三是为了你的答案，这个只能你自己做主"

"是。"幽光撑起身子，在和天音泡温泉的那天晚上，她的心中就有了答案："我的答案是，我愿意加入暗夜骑士。"

第 7 章 · 小巷

旧金山晚上十点。

浮尘和大祭司从机场出来,没来得及在预定的市中心的酒店放下行李就直奔中国城而去。其实没什么原因,大概只是想在任务真正开始前吃顿好的。

五月的旧金山并不是很温热,走在毛毛的细雨里甚至会有一点凉。

因为已经十点了,浮尘和大祭司原本想去的餐馆已经关门了,所以他们只能跟着导航前往下一家。

"要穿过这里吗?"浮尘停下脚步,向左手边的小巷里望了望,里面似乎没有灯,黑得什么都看不清。虽然严格来讲他和大祭司两个人没有什么可害怕的东西,但这里的氛围仍然让他觉得不太舒服。浮尘转过头询问大祭司,他似乎也不太喜欢这里。

"走前面的大道吧。"

浮尘点点头跟着大祭司往前走,听到巷子里传来一阵稀里哗啦的声音,像是杂物被推倒的声音。直觉告诉浮尘应该是有人在打架。他因此停下脚步,又回头看了一眼。不看不要紧,在六七个模糊的人影里他清楚地看到了一支小型的手枪。群架这种事情其实他们去拉架并没有什么意义,又不是警察,连他自己都觉得自己会有点多管闲事了。但是如果涉及枪的话……性质就变得不一样了:"祭司。"

大祭司停下脚步瞄了一眼巷子里更类似于群殴而非群架的情形:"要小心。"

浮尘点点头,眨眼的工夫就窜到小巷里用左手箍住了枪的主人,抓住他的右手腕向后一扭,枪就掉了下来。浮尘用左手稳稳地接住掉下来的枪,同时右手用力把枪的主人甩到了墙上。

枪里面是空的,并没有子弹,但在浮尘举起枪的时候,剩下的五个人还是因为害怕停了下来。大祭司从后面走过来,被甩到墙上的那个人,估计是领头大哥,似乎是怕了一般逃走了。他的小弟们也跟风似的溜走了,只剩下被他们围攻的瘫靠在墙上的一个人。

"喂，你们是谁？谁叫你们帮我了。"瘫靠在墙上的那个人开口，一口标准的京腔，似乎并不担心他在美国地界碰到的亚洲人不会说中文。

"是怕那人的枪走火会伤了你，不然没人想帮你。"好心没好报，浮尘冷冷地瞟了一眼声音的来源，眼里射出来的冷光即使在黑暗里也颇为吓人。就算并不是为了他的感激，设想是谁在帮助别人之后还被埋怨心情都不会好受。

"你们是他妈的傻吗，他们能他妈的搞到真枪吗，我第一眼看到就知道是假的了。"

"那把枪是真的，不过是空的罢了。"大祭司接过浮尘递来的枪，在手里掂量了一下分量。"你叫什么名字？"

"关你屁事？"

"不关我们什么事，但是我要叫救护车。"浮尘冷冷地拿出手机，甚至不愿转动手机把屏幕上大大的911三个字指给那个人看。浮尘冷漠起来惊人的可怕。

"你他妈有完没完了，快滚好吗。"

"浮尘，不用问了，他就是雷傲，我们的目标。"

第8章·自述

雷傲·自述

我小时候在福建长大,直到该上小学三年级的时候才跟着父母到北京。因为转学的缘故我上完一年级后在家里玩了将近一年,所以本该上三年级的我被安排到了二年级。

现在还记得当时被班主任带进班上的时候自己的脸有多臭,因为当时看周围的同学就像是在看一群不懂事的吵闹的小屁孩,除了她。那天她穿了一袭飘逸的白裙,在五颜六色的衣服里面显得那么特别,那么好看。我到现在都仍然深信尽管那时的我只有八岁,本应该还是年少无知的年龄,但是那时的怦然心动却是真真切切地烙进了我的记忆里,这么多年,都未曾淡去。

但或许我们注定不是爱情小说里的男女主角,我被老师带进教室里的时候她看都没看我一眼,自然也没有像电视剧里那样对我特别地温柔一笑。不过她的笑容是我见过的最美的笑容,简单干净,就像天上那轮皎洁的明月。

老师让她先做自我介绍,因为她是班长。那时的她尽管还是甜甜的像是能掐出水一般的童声,但却丝毫没有女生害羞又犹豫的语调,反倒是自信又爽快,她说:"我叫伊奕,是班长,以后有事找我。"

有事找她是她自己说的,所以我有意无意地没事就会去找她,那时候不懂爱,只是简单地知道自己想和她待在一起。

三年级的时候她长得高,被教练点名去参加篮球队。我因为长得矮,教练在看了我一眼之后就嫌弃地撇开了头。为了能找理由和她多待一会,我放学后很臭不要脸地跑到篮球场。点名的名单上自然没有我的名字,但我还是胡搅蛮缠地告诉教练是他的名单记错了。不过那时候教练都是看身高选的队员,我站在一群人中突然就矮了一截,明显得不能再明显,于是篮球教练就毫不客气地想赶我走。还好我的体育老师正好路过,和他嘀咕了好几分钟,他才勉强把我留在了队里。

四年级的时候篮球队分成了A队，B队和C队；B队是A队的替补，C队则是给教练不想要的学员上的课外班。我的哥们儿们都留在了B队，毕竟那时候哪怕只是一年的年龄差都是一道难以逾越的鸿沟，除非天赋异禀，否则四年级的时候就去打比赛完全没有优势。篮球对我而言自然得就像身体的一部分，从摸到篮球的第一天开始我没有过一次认真的加练，但我总是能比同龄人打得要好，所以这一次教练倒是没把我踢出校队。

伊奕被留在了A队里，也是我们年级唯一一个留在A队的队员。用教练的话说，她生来就是打篮球的料，不仅个子高而且天赋异禀，什么东西都是一学就会。再加上她平常嘴又甜，教练一直对她青睐有加，没有把她放到替补队的道理。

A队的训练时间比我们长，又很少在同一个地方，放学之后还经常出去比赛，所以平常除了课间都很少能看见伊奕，但即使是在课间她也经常在写作业不再追着一群男生乱跑了。平常上课在同一个班，但是我因为个子矮都坐在第一排，而她坐在最后一排，所以看都看不见，上课也因此就变成了一件无聊的事。那时候太小，还没学会翘课，最多也就是玩一些小把戏，例如打报告出去玩一会手机给她发几条短信再坐回来。不然就是上课捣乱然后被老师罚站墙角，这样就能正大光明地看她和同桌偷偷聊天时的笑脸了。

除了伊奕，那时另外一个没有逃学的原因大概就是待在学校可以和一群哥们儿打篮球。打篮球曾经是我喜欢过的唯一的一件事情，因为她和我聊天的时候坦白，喜欢打篮球好的男生。或许是为了她能多看我几眼，我在放学后连着练了一个月的球，就是为了能进 A 队。那一个月我一点作业都没写，所以每天放学都被班主任关在办公室里，但班主任管不住我，我总有各种方法可以在训练开始前逃走。直到有一次我趁没人的时候直接从窗户跳了出去，就为了能出去看上她一眼。班主任的办公室在二楼，楼下还是一块草坪，跳上十次也不一定会骨折，但班主任大概还是被我这一跳吓到了，所以找到了我的篮球教练。篮球教练要我在两天内把欠下的所有作业都补上，完成后他同意带我和 A 队打两场比赛。作业我本是写不完的，但还好伊奕把她那个全优的作业本借给了我，于是我在熬了两个通宵之后总算把作业交到了老师面前，而两场比赛之后我也留在了 A 队。

或许因为我成了除她之外 A 队唯一的四年级生，我们的关系一度好到不能再好，好到训练结束之后我们会一起在学校门口吃冰激凌，好到我生气的时候她会买糖给我吃，好到我过生日的时候吃她给我买的蛋糕。我知道她最喜欢的冰激凌是柠果味的，她经常买给我的糖是荔枝味的，她送我的那块蛋糕是提拉米苏。那天唱完生日歌她对我说："你知道吗，你比我认识的任何人的篮球打得都好。"

我想，这句话可以翻译成"你知道吗，我喜欢你比我喜欢任何人都多"。

所以这样暧昧的关系一直持续到六年级我向她表白之后亲了一下她的额头。她在一刹惊骇后没有像电视剧里那样哭出来，眼里满满的是惊慌和不知所措。我以为她生气了，于是我对她说："你要是生气了可以打我，我道歉。"她没有理我，只是跑开了。

第二天她依然和她的闺密同桌在课上谈笑风生，视线和我相遇的那个瞬间却撇开了头。然后没过几天，小升初的录取结果就下来了，她去了我们市里最好的初中，我因为成绩不好，和一个哥们儿去了一所篮球特长校。我一整个暑假都跟着篮球队从早到晚进行魔鬼训练，每天有空就给她发短信，她也只是偶尔回复几个字。

开学之后就听说了她和我那哥们儿的绯闻，然而我那所谓的哥们儿却喜欢到处乱讲我和伊奕的八卦，还矢口否认他和伊奕的关系，于是在一次晚自习他又到处乱讲我和伊奕的八卦的时候，我把他拉到了学校走廊里和他打了一架。尽管那次是我先戗的他，也是我先动的手，但是被学校劝退的却是他，我连一个公开的处分都没有，只因为我的左眼被他打出了血而他却毫发未伤，所以我算可怜的一方。

他在宿舍收拾行李时我去找他，告诉他我们走着瞧。他坐在他已经清理干净的床铺上，转过头把他的手机摔到了我的脚下："滚。"

他的室友把我拦在了宿舍外面，他冷冷地对我说："自己看手机。"

手机里是哥们儿和伊奕的聊天记录，他们俩根本没在一起，只是她经常和他发短信问我怎么样，就是别扭地不肯直接找我。伊奕说："我喜欢雷傲，但是我闺密也喜欢雷傲，我不知道该怎么面对他的表白。已经这么多个月了，我还是不知道。"

初一暑假我第一次作为主力在主场打比赛的时候伊奕

来了，她给了我一包糖，是荔枝味的。她说："你篮球打得比以前还好，好很多很多。"

我想，这句话可以翻译成："我爱你，比以前还要更爱你。"

我又一次亲了她的额头，这一次她轻轻搂住了我。

初三的时候她去了加拿大，她说我们也许再也见不到了，还是分手吧。为了她能开心，我选择了同意，同意消失在她的生命里。为了忘掉她，我谈了不下十个女朋友，篮球队的训练也不去了，甚至后来连中考也没有考，但就是始终忘不掉她。

初中勉强毕业之后家里把我安排到国际学校读了一年，然后就去了美国旧金山的一所社区大学。

我给她发了一条短信说："我想见你了。"

她很快回复我说："我暑假回中国。"

"不，我现在在旧金山。"

于是一个月之后她飞到了旧金山，我们约在渔人码头附近的一家冰激凌店里。

两年不见，她变了，不只是长发剪成了短发那么简单，她的笑容也变了，依然皎洁得像月亮一般，只是成了清泉里的那抹倒影，想要留住却捞不起。

她和我又聊到了以前一起打球的岁月。恍然发现，那时候的每一幕我都记得那么深刻，深刻到仿佛就发生在昨天，深刻到那些回忆早就在不知不觉中融进了骨髓，变成了习惯。我生气时她买给我的荔枝味的硬糖，过生日时的提拉米苏，开心时吃的杧果味的冰激凌似乎都成了习惯。

记得临走时她和我说："你知道吗，我在加拿大的这两年一直都是我们学校篮球队的经理，但是我再也没见过一个篮球打得比你更好的人。"

我想，这句话可以翻译成："我爱你，即使我尝试过不爱你，但是永远都没人能超越你。"

两个月后，她来美国上夏校，夏校似乎也不用干什么，就好像是老天帮我们找的待在一起的借口一样。也是因为和她在一起，我又一次打起了篮球。

有她在的那一个月的生活莫名地变得充实了许多，游戏还是照样地打，但是似乎不用再靠游戏度过无聊的一天；饭还是照样地吃，只是越来越规律了，每天起床就是想去找一家她没吃过的餐厅然后晚上好带她一起去吃；我甚至在宿舍附近找到了篮球场，手上又开始因为练习长出了茧子。

有她的日子就会开心，哪怕只是看到路边的一朵野花也能笑得灿烂。

所以，在她再次回到加拿大之后我开始变得不知所措起来，心里惶惶然，好像她一走就再也见不到了。

于是我在她离开的第二天就去买了一对戒指，无论别人觉得我幼稚也好，可笑也罢，但那是我真正想做的事。下一次见到她的时候，我想向她求婚。

那对戒指上面镶了一颗很小的钻石，内侧刻着我和她的名字的首字母。这对戒指凭借身份证一生只能买一次，所以我想把我的唯一送给她。如果她同意了，那么我会和她长相厮守一辈子；如果她拒绝了，我也可以等，就像以前一样。

买戒指的时候信用卡莫名其妙地刷不过去。售货员说了些什么我听不懂，不过我最后还是用现金买走了那对戒指。

那天晚上，开心地和室友喝了很多酒庆祝。我们都喝高了，但还是觉得不过瘾就又要出去买。然而在我出门的时候被人拦住了，那个人对我说："嘿，小子，你就是雷傲吧。"

那天我高兴也就没和他计较："对，就是小爷，别挡道。"

"你前几天打架把对方打骨折了。"

"所以呢？现在是大哥来替小弟报仇来了吗？要讹医疗费吗？不服的话就打一架啊！"

"我不和喝醉的人打架，这周六……"

"少废话，不敢打就直接滚。"当时酒意正浓，看对方戳在那里没有要移步的意思，我想都没想就直接抡了一拳过去。

或许我当时真的喝多了，在下一秒我反应过来的时候已经跪在了地上。

"周六晚上九点在这见。"他松开手，我身子不争气地靠到了墙壁上："你要是输了，我要的不止医药费那么简单。"

他说完就转身上了附近一辆吉普车轰然而去。

大概也是同一天晚上，我妈像是发了疯一样地给我打了几百通微信视频。被她烦得没办法了，让她发语音过来。她在电话那头哭得泣不成声，我半个字都听不清。当微信跳转到第二条，我隐约听到了"你爸"两个字。老头身体一直硬朗，也不知道我妈在发什么神经。过了很久才反应过来不对劲,把那条语音重听了一遍。这次倒是听懂了她说的话:"你爸被抓走了。"

记得那一晚无论如何都不相信自己听到的东西,也记得自己把后来买回来的两提啤酒都从室友那里抢了过来喝了个干净,然后彻彻底底地喝醉了。结果必然是什么也记不清,甚至第二天下午醒过来的时候依然是迷迷糊糊的。

室友在我的对面,看着我就像是看着鬼一样,他眯着眼睛和我说:"你昨天喝高了嚷嚷着说你爸被抓走了,还说你这周六打架什么的。不知道你在胡说什么,但你手机响了一早上直到没电都吵不醒你。"

他的话倒是提醒了我,昨天好像是有梦到我妈和我说老头被人抓起来的事情。所以随手找了一根充电线充上电,翻开手机,微信里确确实实留着那几百条未接通的视频记录和两条语音。

回拨语音没有人接,打电话回去也传来了"您所拨打的电话已关机,请稍后再拨"的语音。

看完之后,我那时不知为何竟能想起我妈以前闲得无聊时给我和她申请的备用微信号。那时候她信誓旦旦地说,我们要是有危险了就用这个备用账号联系,要是因此获救了不要太感谢她。

然后，我竟然很顺利地登录了那个备用账号，里面唯一的好友给我传来了一张图片。是一张普通的 A4 纸，上面写满了一些不通顺的话。那些话我至今还记得，因为其实只要头一个字尾一个字读出来就变成了通顺的文章。那是我妈和我讲的她以前记小抄的方法，没想到用到了这里。

那张纸上大概的内容无外乎就是她觉得警察会监视她平常的微信号，所以才借了姑妈的手机登上了这个微信号发图片过来。收到之后让我回复一声，并且无论如何一定不要回国。她还说会往我的卡里打一笔钱，让我省着点花，能用上一年多。平常也不要用这个号和她联系，等她打理好国内的事情之后会用这个账号联系我。

事情发生得突然，说实话我一点准备也没有，甚至说在看到那反常的几百条视频邀请记录的时候还只是单纯地以为是我妈抽风了。

直到读懂了纸片上的文字的那一刻，我才发现小说里的剧情都有可能是真的。那一刻的恍悟之后大概是我这一生最愧疚的一刻，后悔没有好好珍惜。后悔以前和老头生气时说过的狠话，后悔出来之后花着老头的钱却很少和他视频，唯一主动找他的时候也是因为缺钱花了。

一直自我感觉良好地以为自己是高在云端的王子，但那一刻就像忽然踩空了一样。手头的现钞大多都用来买戒指了，妈打过来的钱也花不了多久。原来自己没了钱就是个连想要回国都不可以的混蛋。

那时想到了伊奕，忽然很想买张机票去见她。然而，就在我几乎要花光储蓄卡里的最后一点钱点下购买键的时候，我停下了。照照镜子，发现自己没那么帅，眼睛也没有那么迷人，鼻子也没那么高挺。自己从心底里发现没脸见她。

忽然就不知道自己以后想要干什么，或者能干什么。似乎自己过去所有对未来的幻想都和伊奕有关，想要给她一场浪漫的婚礼，想要每天能逗她开心，甚至想要和她白头偕老，到没有牙齿的那一天还能互相喂对方吃杧果冰激凌。没有了她，似乎也就没有了未来。

以前一起打过篮球的哥们儿劝我再回到球场，但我只是因为她才爱上篮球，打球的每一分每一秒都会让我心痛，因为我知道，即使现在她离我那么近，我也无法拥抱她。

买来的那对戒指一直放在床头，当时甚至想去把戒指退了，因为知道也许没有机会给她了。

所以那天之后的一周几乎每天都是那样度过的，直到有一天我上了锁的宿舍门被直接推开，一个陌生的男子站在那里，他说："欠我的架现在还了吧。"

那时我才恍惚记起周六打架的约定。

我记得他的拳头冲着我的左眼压了下来，然而最后却没有落在我的脸上。他只是站了起来，拍了拍裤脚："记得我说过你要是输了我要的不止医药费吧？"

我没点头，也没摇头，因为实在没了力气，只是咬牙切齿地瞪了他一眼。

"这样，我的兄弟不能是别人的手下败将。既然你把他打倒了，他的位置留给你。不然的话，我兄弟也不能白伤，明天给我这个数。还有，你躲在树林背后的朋友可以出来了。明天中午十二点，宿舍里，你最好不要逃。"

那天我是被室友背回宿舍的，在路上我室友和我说："你明天中午之前要是拿不到那么多钱就快逃吧，现在这样的社区大学不上也罢。和你打架的那个男的是这里华人帮派里最有名的一个的头头。他的帮派叫二十四人帮，因为里面一共只有二十四个人，但据说个个都是以一敌十的人物，之前和你打的那个人大概也就是第二十名开外的样子。总之惹到他们不会有好结果。"

第二天我没有逃走,也没有去银行取钱,而是提着行李上了宿舍门口的吉普。一来我不想动银行卡里那些少得可怜的钱去还他离谱的敲诈勒索;二来不管他到底有何用意,对我来讲也都没差,没什么能比我现在的情况差出更多了吧。

二十四人帮里所有人都没有自己的名字,互相之间都是叫排名,所以排名也成了一种代表辈分等级关系的东西。

我顶替的是二十二的位置。但因为任何一个人都可以挑战比自己排名靠前五个位数的人。赢了,两人位置互换,若是输了,输家听从赢家的一个命令。所以在进去的第二天我就沦落成了二十四。

在排名二十四的那几个月里我一直过着人间地狱般的日子。仿佛又回到了初中做特长生时那些早起晚归的训练的日子,只是荒废了这么多年,体能早就不复当初了。

体能训练基本上是每个早上都要做的事情,下午还是训练。晚饭之后是自由时间,也就是没人管的意思。但最开始的几周能完成每天的训练就不错了,晚上除了躺在床上什么也不想做。

排名的另一个意义就是排名低者对排名高者几乎无条

件地服从。我曾经差点和人打起来,后来还是十九路过,把我拉了出来,他和我说:"你这样算是以下犯上,他们要是打你你也不能还手的你知道吗。"

十九是个神奇的存在,不仅和一是真正意义上的好兄弟,就连我们平常的训练计划都是他拟定的。大家都叫他门神,因为听说前十里没有谁打得过他,甚至连一也都只是和他不相上下而已。这样的实力足以让他调动个人的排位。

他那天走之前和我说:"不服的话就挑战到更高的位置吧,我晚上随时奉陪。"

十九是个很严格的教官,但也是个值得交的朋友。他晚上加练后会把我拉到他住的废弃的厂房,有时开两罐啤酒,天南地北地吹牛。他知道我父母的事情,他说我应该去看看他们,有父母一定是件幸福的事情。

有时候,我觉得他一点都不像是黑帮中人,更像是个和自己很像的哥哥。

有一天,他忽然和我说:"你明天挑战我吧,若是赢了,就去挑战十七吧。"

看我被惊到,他对我说:"你以为我当十九是没有原因的吗?"

十九是个微妙的位置，一个可以掌控半班人马的位置。前十四里任何一个他觉得不合格的人他都可以把他们顶下来，同样，若是后二十里有他看到的希望他也可以把位置让出去。因为他有那个能力，或许这也就是他永远位居十九的原因。

第二天，我成了十九，却败给了十七。我应该服从他的一个条件的，他轻描淡写地说："没有什么想给你的命令，但是破了规矩不好，就把你藏在枕边的那对对戒给我好了，以后要是有机会打赢我我就还你。"

第 9 章·黑衣人们

（一）

雷傲醒过来时，浑身酸痛。手表的时针和分针组成了一条直直的线，是六点整。

似乎有一阵子没有早起训练了。为什么？雷傲看着头顶的天花板记忆有点恍惚。他输了和十七的比赛，因为接受不了交出那两枚戒指把十七打倒在地。

十九让他找个地方躲起来，他不敢把十九的话当耳边风，隐约知道自己摊上了事情。

但他其实没什么地方可去，想来想去还是又买了一张飞往加拿大的票。除了去找伊奕，他还能去哪里？

所以他本身是准备走了的，只是想起戒指还在十七手里，大概是脑子抽风了才会不顾十九的劝告回去偷那两枚戒指。

他大概是可以再去买一对的，毕竟在二十四人帮里混了半年好歹不是那么落魄了，但是那两枚戒指陪他经历了他目前为止最落魄的时期，它们的价值超越了戒指本身。

那两个人也是够坏事的，雷傲模糊地想起他断片前的记忆。把他送到医院？开什么国际玩笑？雷傲向四周看了看，没有输液管也没有呼吸机，厚重的窗帘盖住了落地的玻璃。他似乎并不在医院里，更像是，在酒店里？

"醒了吗？"浮尘从推开的房门里面走出来，冷冷地靠在门框上。他双手抱在胸前，一副高高在上的样子。

"我要走了。"所以他们是把他抬回了酒店里吗？这群人胆子也是够大的。或许他该说句谢谢，只是他还要去赶下午的飞机，对方看起来也是一副冰冷的模样。

"那你就试试好了。"

雷傲动了动身子，发现连勉强坐起来都做不到。

浮尘的左嘴角向上轻轻地扬起，那表情在雷傲看来仿佛是在嘲笑他像一个跳梁的小丑。"难道没人告诉你，既然被打了，总不能再丢掉自己想要的东西吧。"

他摊开手掌，两只细细的戒指就躺在他的手心里。

"你这个浑蛋。"雷傲身体的肌肉虽然酸痛着，但在大脑的命令下还是拼尽全力使得他扑向浮尘。不知道是不是因为他身上全是伤的缘故，浮尘只是轻轻退了一步就躲过了。

浮尘把手握起来，插进兜里，继续慵懒地靠在门框上："你不愿意去医院是因为你是二十四人帮的成员，对不对？"

"你是谁？"

"我是谁不重要，十九有话和你说。"浮尘把自己的手机递给雷傲，雷傲看了一眼手机屏幕，通讯人是霍城。

雷傲挂了电话，坐在沙发上，并不知道自己在干什么，在哪里，在想什么。

霍城说的话在他的脑海里一句句地堆砌重叠在一起，他每个字听得都很清楚，但那些清楚的音节不知为何都失去了他们代表的意义，只是在他的大脑里胡乱地像碰碰车一般冲撞着——没有一个字跑出他的大脑，也没有一个字可以和其他字连成有关联的句子。

霍城说："我这次可能保不了你。知道你要去找伊奕，可能不能送你了；不知道今后还会不会见，但会一直记得你这个兄弟。如果伯父伯母安全了，你回国对他们好一点；如果还不知道去哪，昨天救下你的那两个人会愿意带你去银格。如果你想的话，可以当个黑衣人。保重，祝好。"

"黑衣人。保重。祝好。"雷傲默默地念着，七个字，似乎有什么特别的含义，让他感觉像是被人蒙上了口鼻，快要窒息。

浮尘从雷傲手里拿走自己的手机，同时把一杯气泡水放到雷傲面前，两枚戒指摆在杯子旁边。昨天夜里在和大祭司把雷傲抬回酒店之后他就去找了霍城，也就是雷傲口中的十九。

霍城在三年前是和他、樱铭一起开始的训练，只是后来在回地球的一次任务中霍城消失了，大祭司说他是逃走了。暗夜骑士容不得逃兵，浮尘一直以为他再也见不到霍城了，所以打着任务名号的会面也让他欣喜。浮尘和霍城喝了一晚上酒，聊了很多故事，也因此听到了很多有关雷傲的事情。

他并不喜欢雷傲，他可以很坦白地承认。只是，他也承诺了霍城，要照顾好雷傲。

（二）

浮尘把车停下来，惊讶地发现空旷的已经废弃的厂房竟然比他想象的要干净整洁许多。

他走下车，向远处瞄了一眼，不出预料，他果然在那里。"霍城。是我，浮尘。"

对方从黑暗里走出来，黑色的瞳孔收缩了一下，并不是反感的反射，似乎只是为了适应汽车的车灯。"没想到你会来。"

那又痞又戏谑的音调果真没有变。浮尘从车里抽出两听啤酒，扔了一瓶给霍城。"是没想到来的人是我吧？今天刚到，条件差了点。"

霍城没回答浮尘的问句，只是用左手稳稳地接住飞来的啤酒，单手把易拉罐的拉环拉开，啤酒花一下子就溢了出来。"不会，你最近怎么样？"

"还是那样呗，你又不是不知道。"浮尘并肩和霍城坐到水泥台阶上，和霍城的啤酒碰了一下，仰头灌了一大口："樱铭说他很想你。"

霍城轻轻地嗯了一声，没回话。浮尘转过头看向霍城那棱角分明的脸，他匕首般锋利的眉毛亦如当年，只是眉毛下那双黑色的眸子里因为"樱铭"两个字蒙上了想念的色彩。然而霍城是在笑的，他此刻的嘴角不知道为什么荡漾着一种幸福的感觉。

他是有多久没有听到这两个字了？

三年前大祭司回地球招无亲无故的霍城成为黑衣人。而樱铭则把大祭司当成了当年霍城车祸的肇事人，偷偷地跟着他们来到了银格。

他们是掐着时空隧道关闭的时间回的银格，等时空隧道再打开要到圣诞节的时候，所以樱铭有几乎三个月都要待在银格。黑衣人的身份是需要保密的，当时大祭司灵机一动，干脆给樱铭也发出了黑衣人的邀请。

黑衣人和暗夜骑士不一样，暗夜骑士只是一个头衔，黑衣人是一份真真正正的工作。既是可以飞檐走壁的外派特工、翻门入室的请柬邮递员，也是大祭司的助理，银格的最高级警卫。对于霍城来讲，黑衣人可以说是他并不多的选择里最好的一个，至少在普遍的价值观里黑衣人是个既正经又高尚的职位。但是对于樱铭来讲，世界上千百条路任君选，黑衣人恐怕是最艰难的那条，不能见到自己的妹妹，不能见到家人，隐姓埋名……如不是因为在银格没有其他事情可以做，樱铭大概也不会答应这样的邀请。

霍城虽然难免觉得自己牵连了樱铭，但是他至今都很怀念在银格的那一段短暂的时光，那一段有樱铭陪伴左右的时光。他从小就是体育特长生，什么苦没受过，再折磨的训练咬咬牙没什么坚持不下来的；何况和樱铭一起训练更多的是开心，像是又回到了那场车祸前。

但是，命运在他第一次执行任务的时候和他开了个玩笑。他初中车祸留下的病根导致他旧伤复发，困在一个陌生的房间里无法移动。这拖延了他在地球停留的时间，直到时空隧道关上，他都还待在那个房间里。

他真的以为自己要死了，本来想用魂力逃出去，却发现魂力根本用不了，每用一次只会使大腿更疼一点，魂力像漏气的气球里的气一般跑出来。后来是大祭司找到了他，治好了他的伤。大祭司并没有像通常的医生一样大动干戈，似乎只是用魂术固定住了他的伤口。大祭司警告他以后不要再用魂力，他的伤口是用魂力稳定住的，魂力的使用会影响他的伤口，以致旧伤复发。

不能再用魂力就代表着他不能再当黑衣人了，霍城意识到。大祭司扔给他一把车钥匙，说给他办了一所不错的大学的入学手续，让他不要再回银格了，黑衣人的事情也不要和任何人说，他在这里有更重要的事情。在这之后，他就被扔在了他听不懂周围的人说的半句话的美国。

虽然似乎都处置妥当了，但霍城意识到他被抛弃了。到底是什么事情大祭司没有告诉他，但是他知道，学他是上不了多久的，没有特长生这层身份，他早晚要被退学。为了生存下去，他踏上了他的老路。凭着初中混帮派的那些本事认识了学校里的混混们，也是在那时候认识了现在二十四人帮里的一（老大）。

"你这次来不单单是为了捎话吧。为了雷傲吗？"

"是，那我就开门见山了。"浮尘喉结上下滚动着，一口又一口地把啤酒送进他的喉咙深处："三年前，你消失，恐怕不是你逃走，而是因为大祭司当时就策划着要把你留在这里培养雷傲吧。虽然不知道他是怎么做到的，但是他似乎可以预知未来。"

"大祭司没和我说过，但我想他八成是这样的意思。我不用买他人情，离开银格这么长时间我不欠他的。我一直把雷傲看成小时候的我。尽管他比我幸运一点。有护着他的爸妈，成绩不好还是想方设法把他送出国，不像我，为了生计从初中开始混社会。但是，我总能在他身上看到自己的影子：横，但重情义，好像不服输但总是悲观地向命运屈服。聪明,但是从来不好好学习。明明是个善良脆弱的人,却非要把自己伪装得高冷强大。"霍城笑,这是他给自己真实的评价吧:"你看我的左眼,是不是有一圈很浅的伤痕,我以前这里被打过一拳,他竟然也是。"

浮尘点头,又递了一听啤酒给霍城。

霍城打开,却没急着喝:"浮尘,答应我一件事。大祭司要人我拦不住,雷傲现在在这边惹了这么多事情,加上他的父母那边,去银格是他最好的选择。帮我看好他。他比我莽撞,比我冲动,为了爱情可以不顾一切。你要小心,那是他最大的软肋。"

浮尘意识到霍城那被钢铁包裹起来的心不知道什么时候变得柔软起来,这让浮尘的心里并不好受:"君子一言,驷马难追。"

浮尘和霍城碰了一下酒瓶,在叮叮当当的声音后把剩下的金黄色的液体一饮而尽。

(三)

霍城醒过来,明亮的阳光洒在他周围的酒瓶上。他有点渴。

抬起头,一架直升机飞过头顶破碎了的天窗。就像三年前把他抛弃在这里的那架直升机一样,它只留下一片波澜不惊的天空。

再一次,这架飞机带着更多他留恋的人飞向了天空的另一头,那个他再也回不去的世界。

"再见,浮尘。再见,雷傲。"霍城呢喃道。

第 10 章 · 礼物

在浮尘和大祭司从地球回来之后,幽光暗夜骑士的训练就开始了,算一算到现在其实已经有些日子了。

幽光瞄了一眼墙上的钟,又看了一眼搭在身上的黑色外套,她又在训练结束之后睡着了。

"醒了吗?"有人问她。

"嗯。"幽光睁开眼,看到樱铭就坐在她的身旁,津津有味地读着一本书。就像天音说的那样,樱铭像是一轮安静的月亮。他的温柔像月光一样,从天上洒下来,不知不觉,却充满了生活的每一个缝隙。幽光把盖在她身上的外套还给樱铭,好奇地顺着樱铭的目光看下去,微微泛黄的纸上写道:"我是一个任性的孩子,我想擦去一切不幸,我想在大地上,画满窗子,让所有习惯黑暗的眼睛都习惯光明。"

"是顾城的诗。"

"你也喜欢他吗?"

"喜欢啊,"幽光笑着坐起来:"浮尘也很喜欢。"

"是的,这本书就是他给我的。"

"嗯,那家伙,读过的书大概可以去盖座图书馆了吧。"幽光笑着开浮尘的玩笑。这年头爱看书的人大概可以算是稀有物种了吧。她和浮尘这两个稀有物种相遇的结果就是过去的三年她和浮尘从川端康成的《雪国》一路看到了各类经济学理论,吃完晚饭就去图书馆泡到深夜完全演变成了他们的习惯。虽然只是很点滴很平凡的事情,但仔细想来却比惊天动地的重要时刻还不可思议得感人。尤其是幽光开始训练后才发现一天二十四个小时会因为训练而根本没有太多时间可以自由支配,但浮尘却三年如一日地竭尽全力把所有时间都给了她。这样长情的陪伴,恐怕没有人不感动。"樱铭,问你个唐突的问题啊。"

"你说。"

"你当初选择做黑衣人的时候不会放不下吗?"

樱铭黑色的睫毛耷拉下来,遮住他深不见底的黑色眼眸:"那些舍不得的事情吗,会有啊……"

他放不下的东西必然很多,但恐怕他同时得到的东西更为重要。到底是什么？他自己似乎都记不清了。是因为霍城？因为大祭司？还只是因为他自己？

三年半前，他因为追踪大祭司不知不觉地一路追到了银格。尽管后来发现不过是误会一场，但是当时时空隧道已经错位了，他要在银格足足待三个月才能等到下一次时空隧道开启。无论是黑衣人还是暗夜骑士都是隐秘的存在，所以他当时只知道这里是那个传说中的银格，而不知道霍城真正的角色是黑衣人。

在他很小的时候，他似乎对银格那两个字有着深刻的印象，或许是从妈妈那里听来的这个词语，但他甚至能回想起来他挥舞着稚嫩的双手，手舞足蹈地模仿着妈妈用魂力的样子，梦想自己也能有成为魂术师的一天。

只是妈妈在某一天之后就再也没有提起过银格，提起过魂术。成为魂术师的想法就这样越是长大就越是淡忘了，他似乎也开始相信银格不过是每个人小时候都做过的一场梦。

出于好奇，也是因为怀念初中的时光，樱铭加入了霍城和浮尘的训练。

那一段日子很美好，像是又回到了初中，他们都还很单纯、很执着、很热血。尽管所有人都告诉他霍城受伤和他没有关系，但樱铭总是愧疚的。看到霍城的旧伤在训练中竟然一天一天好转起来，樱铭的笑容也变得越来越温暖。

所以樱铭在那两个月就很认真地想过要留下。银格有一种魅力，让他每一分每一秒都更深沉地爱上这里，就像是种子终于落地，他感觉他的根在两个月间不知不觉地蔓延到了银格的土地深处。

只是他的理智始终要让他离开这片土壤，就算学业可以抛下不管，他也不愿和家人就这样不辞而别。两个月就当作一场梦吧。但樱铭没有着急回家，他计划着等霍城回来，两个人再一起跨一次年。他当时有一种预感，那可能会是他们最后一次跨年了。

那预感没成真，因为事实更糟。

霍城该回来的那一天他没有回来，而大祭司向他坦白了所有有关黑衣人的事情。樱铭看出来，大祭司要留下他。大祭司和他说，霍城的伤是没有办法根治的。他们用魂力可以稳定住他的伤，但是日后随着更多的练习，魂力建立起来的支架会崩塌，重新建立之后支架的寿命会减短，然后恶性循环下去。到最后，拖坏他整个人是迟早的事情。

大祭司说，但是他真的需要一位黑衣人，如果他愿意留下来，他会把霍城送进一所好的大学，在那里他还有其他任务可以完成。

樱铭不会不知道黑衣人和大学之间霍城会选择哪个。但客观来讲，两个选择各有利弊，站在樱铭的角度，大学对有伤的霍城来讲是更长远的选择。而他对黑衣人确实也有那么一丝跃跃欲试的冲动，他没办法公正地做出这个决定。但说到底，他留不留下和霍城会不会成为黑衣人之间并没有必然的联系。而事实就是大祭司要让他留下，他想也好不想也罢，留下都是最好的选择。

"会觉得对不起父母，对不起天音，就这样不辞而别。黑衣人像是特工一样，为了保密在很大程度上也只和父母解释清了一半的状况。会很想念天音，每年平安夜可以趁着发请柬的机会去看看她，但这似乎不够。时常去翻她的微博，但是了解到的也不过是某个碎片。"

"不过习惯了就好了。"沉默了许久，樱铭补充道。

"傻瓜。"樱铭的沉默让幽光的心里很不是滋味，这样有苦不说把眼泪往肚子里吞的感觉要经历多少次才会习惯？尤其是在瞟到那深不见底的眸子里隐藏的淡淡的悲伤后，幽光不敢多想。记得她曾经问浮尘训练不辛苦吗，浮尘也只是云淡风轻地和她说习惯了就好。

这一个个闪光的躯体背后隐藏着多少让人心疼的过去？浮尘是傻瓜，樱铭也是傻瓜。幽光一把搂住了樱铭，不亲昵，也不暧昧，只是简单的陪伴。

拥抱似乎是最温暖最踏实的姿势，因为两个人拥抱的形状正好可以组成一个完整的圆，相互填补对方的缺口。

樱铭先松开了拥抱，把一个蓝色的盒子递给幽光："本来是圣诞节礼物，但是没来得及留给天音。如果可以的话，能帮我把这个转交给天音吗？"

幽光接过蓝色的盒子，想要再为樱铭做点什么，却发现自己就算认识了樱铭，除了像现在这样当个传话筒似乎帮不上天音什么忙："再过一个月就是天音的生日了，如果你不介意的话。"

"不会，不急。"

"晚安。"幽光说。

"明天见。"樱铭挥手告别，目送幽光离开，一直到他再也看不到的地方，仿佛这样他灵魂的一角可以就此粘在幽光身上，到达那个并不遥远的宿舍楼里，代替他再听到妹妹的笑声。

第 11 章 · 火灾

(一)

十六组监控摄像器画面平分了的电脑屏幕，里面仍然是一成不变的黑。

这些监视摄像头是大祭司安在雷傲的住所里的，樱铭不知道大祭司有没有对他做过类似的事情。

用人不疑，疑人不用。浮尘和大祭司把雷傲从地球带回来已经将近一个月的时间，但大祭司并没有给雷傲安排什么训练，只是让樱铭有空多注意注意他的动向。一方面是想磨炼雷傲的耐心，另一方面大祭司对雷傲也没那么信任吧，樱铭猜测。

樱铭把目光又移回到手上的《顾城诗选》上，他面前的这一页只有短短的五行字，诗人顾城却用这五行字创建出一个牧羊人天真的世界。樱铭沉浸在这五行字的世界里,错过了屏幕里这么久以来出现的唯一一星变化——某个角落里唰地出现一道火光,照亮了雷傲的脸。

等樱铭从书里抬起头再看向监视器的时候火光已经暗了下来,在监视器上变成一个忽明忽暗的小红点。

雷傲蹲在草垛上,吸了一大口烟,然后缓缓地从嘴里吐出一片白色的烟雾。透过白色的烟雾,他看向摄像头,挑衅地抬了抬下巴,轻佻地竖起了中指,然后把烟扔到地上。

无所事事地晃悠了一会儿,他把双手垫在脑袋后面,似乎是望着天空一样地在草垛上躺了下来。他离摄像头很近,近到樱铭可以从昏暗的光线里看清他的双眸,那淡然的眼神里不屑和傲慢混杂成了空洞的绝望,被碾碎了的赤裸裸的悲伤被推到双瞳的中央。道不出地,那双瞳竟让樱铭有些恍惚,那视线太熟悉,熟悉到樱铭反应不过来他在哪见过相同的目光。又或者说,他知道他在哪见过,只是他不敢相信。

在樱铭搞清楚他内心的思绪之前,雷傲就看到了摄像头,把脑袋撇开了,闭上了眼。

樱铭把目光又移回到书上,发现没剩几页就要读完了。他索性翻下去，直到最后一页，因没加漂白剂而泛着自然的黄色的纸张上印着顾城最有名的那首《一代人》："黑夜给了我黑色的眼睛，我却用它寻找光明。"

樱铭有些恋恋不舍地合上书，这本书是三年前浮尘送给他的，他一直留到现在才读是因为这本书就像雷傲的眼睛一样，总会让他想起那个人，那个名叫霍城的瞳孔漆黑的少年。

樱铭的目光回到监视器上，屏幕相较之前变得明亮了许多。但同样是光亮却有别于太阳，透过显示屏樱铭能看到那是一簇足以吞噬雷傲的火焰，而在越来越旺的火光里雷傲却仍然平静地睡着。

（二）

浮尘的手机一震，是樱铭发来的短信，上面只有简短的六个字："看监视器记录。"

浮尘删掉提示，把手机扣下去。

"你还是看一眼好了。"坐在浮尘一旁的幽光眼尖地瞟到了，用胳膊肘碰了碰浮尘。

这是浮尘从地球回来之后他们第一次一起吃晚饭。以前只在浮尘有暗夜骑士训练的时候幽光紧着他的日程把每天的晚饭时间都留给他。现在幽光也开始了暗夜骑士的训练，虽然应该意味着他们会有更多时间在一起的，但事实却是两个人总是在忙着不同的事情，连图书馆都很少一起去了。

"但是我们好不容易一起出来。"浮尘撒娇地略微噘起嘴，看着幽光的眼神可怜巴巴。

"好啦，爱你。"幽光亲了下浮尘的脸颊。三年过去，幽光对于浮尘这样一个大男生撒娇仍然是一点辙都没有。但与其说是她心软依着他，不如说撒娇时的浮尘代表了那个感性的她，而浮尘的撒娇正巧给了理性的她一个退让的借口，她何尝不想和浮尘每天多花些时间在一起："等我一下。"

幽光松开她握着浮尘的手，起身去卫生间。她并不是真的需要用洗手间，而是知道樱铭发来的短信代表着什么非同小可的事情，她不想为了这一刻的甜蜜坏了事。而浮尘当着她的面不会看，但趁她不在肯定会理智地去查。如果没事必然最好，就算有事也不算为时太晚。

浮尘点开监视程序的记录，在一片安静的黑色里看到了一片金黄，他切进了那个时间点。

雷傲在咄咄逼人的火焰中醒了过来，他坐起身，默然地环视了一下四周，朝房屋中心走去，与唯一没有着火的大门背道而驰。他在正中心跪下，地面那黄色的泥土在火光之下变得明亮了些许，像是杧果雪葩的颜色。他笑起来，他的这个梦做得太真实，甚至连那火焰的温暖都是那么的逼真。他闭上眼，祈祷自己醒过来。他不喜欢这场梦，他不喜欢这个结局。那一刻他忽然想起了蝙蝠侠里的 Joker，只是他没有那个和他一起疯狂的 Harley Quinn；他弄丢了他的伊奕。

（三）

雷傲醒过来，周围是无境止的白色。消毒水的味道有一点刺鼻，但像是，回家了。早在他出国之前，他曾在医院里待过很长的时间，不是为了什么大不了的事情，但住在医院里总比在学校里强。

所以他是回到他日日夜夜期盼回到的过去了吗？所以他真的有重新来过的勇气了吗？

点滴一滴一滴地掉着，雷傲发现他做的这个梦的质感好真实，和上一个一样。

他梦到他的屋子着火了，但他没有逃掉，他走到了房间的中间，想和那场大火一起结束他的生命。

他的皮肤是滚烫的，像被火灼到一样疼；但他内心却是平静的，这么多年来第一次。

然而门被踹开了，有人冲进火海找他，把平静打破了。那个人身形纤细，但不是伊奕，因为他穿着一件黑色的外套。他直直地冲向他，但雷傲知道那个人的意识在某一刻停顿住了，他根本没注意到从房顶掉落的燃烧的木屑。然而下一秒，那个人抱住了他。那是一个很紧的拥抱，紧到雷傲感觉很真实，紧到雷傲感觉得到那个拥抱的温度比周围的火还要烫，紧到他以为他要醒来。

但是他没有醒来。

只是个梦，何必呢。雷傲舔了一下自己的嘴唇，嘴里充满了鲜血的腥气，像是从上一个梦里留下来的味道。

那个人是谁？那个黑色的身影是谁？雷傲默默问自己。

（四）

火灾是真实的，那个黑影是真实的，这些都不是雷傲的梦。

但对于雷傲来讲,那场大火的经历明明还记忆犹新,却像是有什么东西错位了,消失了,不见了。

他不记得自己为什么会心烦地抽烟,不记得自己为什么离开地球,不记得自己为什么会选择死亡。他觉得自己丢了什么,却始终都记不起来。他只记得有个人冲进大火里把他拉了出来,而那个人就是樱铭。

在那场大火之后大祭司正式地把樱铭介绍给了雷傲。雷傲也是在那一刻才想起来,他在银格,他是黑衣人。

雷傲是不讨厌樱铭的,尽管樱铭是他最瞧不起的好学生的典范,但雷傲总觉得,从某种程度上来说,樱铭和那些三好少年不一样:不会笨拙地出口伤人,不会急功近利地巴结。而且他不仅没有讨人嫌的地方,还对他很好。这样的温情和雷傲记忆里的好学生是不一样的。或许照顾人是樱铭的天性,但是樱铭照顾他超过了普通朋友的范围,上一个这样对他好的人恐怕只有十九了。

这么说起来,樱铭和十九相像的习惯不少,尽管是截然不同的两种人,但他们似乎都纠结于过去的某种悲伤,这一点和他很像。或许也正是因为这样雷傲才会觉得樱铭亲切,甚至在樱铭在一个平常的晚上拎回来一箱啤酒的时候觉得自然。

樱铭平静地说他只是想喝酒了,问他要不要一起。

雷傲想一想似乎是有很久没碰这曾经他赖以生存的法宝,他随手抄起一瓶,当那金黄色的液体滑过喉咙的时候,他只觉得熟悉,像是在沙漠里行走了很久的人,看到了一汪清泉。

那些液体让他想到了什么,是一个很模糊的白色的轮廓,在无数次仰头的时候他都会想起的身影。那是谁?他想不起来,那个名字明明已经到了嘴边,他却说不出来。

那一晚,两个人都喝高了。并不是两个人酒量不好,而是打着酒精的幌子他们总算找到了情绪的发泄口。

樱铭和雷傲讲了很多话,但是那些字都不过只是在雷傲的耳边打了个转,就又飞走了。雷傲只能听到脑中有个更强的声音覆盖了樱铭,那个声音告诉他回到废墟里去,那个声音告诉他废墟里有他要找的东西。

于是借着酒意,雷傲丢下酒瓶跑了出去。尽管他不知道他要跑向哪儿,他只是听从自己的身体走着,跑着。深秋的风吹过他纤薄的 T 恤有点凉,他却没有停下来,因为他知道,他意识深处是清醒的。

不知过了多久,樱铭拦住了他:"你已经绕着房子跑了三圈了,跟我来吧。"

雷傲的房子在着火之后一直就无人问津地藏在那茂密的森林里,大祭司没有差人去整理,只是任几根木梁突兀地杵在荒凉的废墟里。

看着这片落寂的景色樱铭问:"你是想来这里吧?"

樱铭曾经很熟悉这里,比在这里住了一个月的雷傲还熟悉。记得霍城最初就住在这里,而他跟着霍城也在这木屋里一起度过了三个月幸福的时光。那天他冲进火场,看到的是雷傲,但心里想的却是霍城,他以为霍城回来了。

"也许吧。"雷傲低头愣愣地望着自己的中指又望向脚底那堆被烧得七零八落的废墟,并不确定这里是否就是他所找的地方。他蹲下来,一块一块地把被尘土掩盖着的碎木抛开。细细的倒刺扎进他的手掌,但他满不在乎,只是重复地刨着,直到满手是血。

樱铭心疼地把他拉开,用风诀拨开细碎的尘土,留下乌黑的框架。

"别自责。"樱铭柔声地说。他的声音就像从月亮里淌出来的泉水一般传进雷傲的耳朵。雷傲抬起头,那天的月亮很圆,银白色的月光透过茂密的枝叶洒在他们的身上,投下斑驳的光影。他的大脑是乱的，像是高速旋转后卡机的电脑，和那细碎的光线一样无法连成一条直线。

"雷傲，你知道吗，你总会让我想起一个人。"樱铭在废墟上坐下来："你应该很惊奇我会喝酒吧？其实我并不能算个好学生。我从初中就被朋友带着逛酒吧，他爱玩，又容易喝醉，还好我酒量还不错，每次我都能把他送回家……你和他的侧脸真的很像。"

樱铭知道自己说的话并没有逻辑性，但是或许今天是他一年三百六十五天里唯一允许自己这么做的一天吧。

在雷傲来到银格之后樱铭其实就一直从监视器里看着他。他发现雷傲和霍城就连性格都极其相似。明明渴望别人的关怀，却别扭地不说出来，只是选择把委屈憋在心里，积累成一层坚硬的盔甲，让自己一天天地变得霸道，变得冷酷。

天音曾经说霍城是个善良的人，只是伪装久了，就习惯了那一层伪装，不再分得开了；就像当人类习惯了遮羞的衣服，就再也脱不下来了。

雷傲蹲下来，想起以前在二十四人帮和十九在一起的场景，一人一瓶啤酒，透过头顶被打碎的玻璃，可以看到星星和天空。

不知道为什么，来到银格，他本来谁都不敢相信也谁都不愿意相信的。但是樱铭却让他感觉安全，那份安全感来得莫名，或许只是在某个时刻，发觉能在他身上找到十九的影子。那种熟悉感就像是摇摆着的催眠的时钟，恍惚间，像是回到了家一样。

"你有时候会让我想起我唯一的哥们儿。"

"是吗，那是我的荣幸。"樱铭笑，脑海里浮现出了霍城的影子。四年前的这一天，他跟着霍城来到银格。不知道再见会是什么场景，或许，永远不见。

歪过头，雷傲的身影和霍城的身影重叠在了一起，或许，这就是上天送给他的补偿吧。

樱铭闭上眼，没意识到他和雷傲的灵魂就像一白一黑的两潭水，在不知不觉间已经渗进了对方的生命里。

"你是在找这个吧。"樱铭伸出手，细细的戒指折射着月亮的光。

火灾之后樱铭其实回来过几次，因为他永远无法忘记他在监控摄像里看到的镜头，他看到雷傲不顾燃烧的火焰试图奔向他的衣柜。

录像里，他跑到一半停住了，怔在房间的正中央。

樱铭一直好奇那衣柜里有什么值得雷傲不惜用生命去

换，仔细回忆了一下，大概只有这枚戒指了。

雷傲接过去，戒指的内侧印着"LA&YY"。雷傲记得他曾经把这个戒指带在身边，却不记得是为了谁，YY是谁。似乎，有那么一个纯白的身影，他可以倾尽全力去爱。但是，似乎，又有那么一场火灾，烧掉了他所有的记忆，让他不知道该何去何从。

"樱铭，我觉得失去了什么，又忘记了什么。"雷傲把戒指小心地推进中指，和樱铭说。

樱铭看向那枚戒指，虽然不敢确定但却隐约发现雷傲失忆了，像是，选择性失忆。不过或许这样也好，毕竟忘掉了，或许也就没那么多烦恼了。

就不用像他一样，年复一年地去思念一个人。

"一年的时间可以过得很快。"樱铭说。

第 12 章·酒醉

（一）

一年的时间过得很快，樱铭说。

是的，仿佛不过是在热点剩菜将就还是煮杯泡面过活间多犹豫了几秒，在穿裙子还是穿短裤间多纠结了一下，时间在你发现它正在流逝之前从指缝间就已消失了。

天音邀请函上圣诞节可可的味道还没散去，她的生日就到了，学期就快结束了，圣诞节也不远了。

天音从梦里醒过来，口很渴，昨天晚上喝的酒精还在她的身体里没挥发出去。房间的窗帘被幽光拉得严严实实，没有一丝阳光透过缝隙钻进来，她甚至连家具模糊的轮廓都看不清楚。

天音伸手去找床头的手机，摸了两下没有找到。无所谓，反正她不过是想要一个手电筒。天音懒得穿上拖鞋，只是让地心引力把她昏昏沉沉的身体拽下床，再依赖直觉把她晃晃悠悠的肉身引去厨房。

她好渴，她需要喝水。

天音推开宿舍门，似乎撞到了谁，但她疲惫地没道歉，只是继续晃悠进了厨房，拧开了一瓶水喝。

咕咚咕咚，她很少一次喝这么多水。

天音把喝空了的水瓶或许只是随手扔到了地上，也可能只是把瓶子留在了桌上，但都无所谓，反正是她一个人的宿舍。

天音又抄起一瓶水，重重地拍了一下桌子。倒不是她故意用力，而是她要借着反弹力站起来，她想回到她的床上去。但起身一半，她就又被地心引力拽回到椅子上。

天音懒得再试，只是把桌上的杯子够过来，里面似乎还有些液体，她惯性地把它们倒进自己的嘴里。嘴听话地张开一个小口，舌头却不愿意配合把液体送下去，淡粉色的液体顺着嘴角一直流到胸前。

"呜！"天音把丹田里的气吐出来，冰凉的液体贴着她滚烫的肌肤滑到脖颈的时候已经变得温热，等流到胸前就不见了,被人抹掉了:"别闹。"

天音打掉帮她擦拭液体的那张纸巾,那只手。

"生平第一次喝醉,真他妈难受!"

天音猛地站起来,不是很稳,但摇晃的身体竟没有倒下,右臂那里有一股稳健的力量托着她。

她撞到了人?有人帮她擦水?有人扶着她?天音这才反应过来,她房间里还有别人?还有谁?

天音看向那只手的主人,但在黑暗里只能看到一片黑。她倒下,变本加厉地把抵抗地心引力的责任推给那只手。酒精原来不仅会让她的神经迟钝,还会让她的身体懒惰。天音瘫在黑色身影的身上,大脑并没法也不想花那个精力去思考黑影是谁,她只是本能地知道那抹黑色是她熟悉到可以信任的人。

手的主人把她抱起来,并不是很费力地把她放回了她房间的床上。天音感受得到,她接触到柔软的床垫的时候那双手还稳稳地托着她。

她仿佛降落在棉花上一样。

"天音,生日快乐。"

天音想说谢谢,想坐起身,但是那黑色的声音却那么柔软又熟悉,她只觉得安心,安心到她的全身都只想陷进身下的那朵云里，不想花一丝力气。

但她又竭力地不想合上眼，尽管她只能看到黑色，但是这黑色太熟悉了，熟悉到她觉得温暖，温暖到她移不开目光。她怕闭上眼后这黑色就消失了。

但地心引力还是胜利了，挣扎着，天音只模糊地能看到一丝光亮，一道很纤细的光芒在黑夜里一闪而过。她不知道那是什么，只看到黑色的身影俯下身，把那道银色的光系在她的手腕上。

天音手垂下去，嘴角却微微地向上："欢迎……回……家……"

迷迷糊糊地，她睡着了。

（二）

黑暗里一束一束的火焰从天空坠落，落在他的身边，像顺从的臣民，随着他迈出的脚步摇曳着。

他抱着她，一路走来，空气像被鲜血染过般殷红，甚至连最远处的雪山，也被染上一层金色的光芒。

是世界末日吗？天音想。

但是她的内心是如此的平静，就像是回到了妈妈的子宫，温暖而踏实。

他的面颊离她那么近，近到他温热的呼吸充斥了她所有的感官；他那对如琥珀般晶莹的眸子那么温柔，她看到除了自己别无其他。

天音惊醒过来，好熟悉的梦，似乎在来银格的飞机上也见过相同的场景。是电影吗？她忘记了。

她再次转亮床头的灯，时针和分针连成一个平角，已经六点了。天音摇摇头，仿佛这样能让她沉重的脑仁变得轻盈，但结果只是把残存在她大脑里的片段甩走了，只留下一片通红的场景。

昨天是她的生日，她想起来。

幽光、天诺和浮尘联手给她办了顿火锅大餐作为庆祝，她想起来。

再简单不过的庆祝因为这三个人变得格外的温馨，她想起来。

她心情不好所以喝了很多酒，她想起来。

她喝醉了，她想起来。

天诺把她抱到了床上，她想起来。

她在黑暗里喝了一瓶水,她想起来。

一个黑影把她抱回房间,她想起来。

所以那个黑影是天诺吗?她想起来,又想不起来。

所以那个黑影是梦吗?她想不起来。

天音去拿床头的水,看到一条细细的银色的手链。是什么时候买的?她想不起来。

第 13 章·预言

（一）

音：

很抱歉四年前的不告而别。有很多事情想告诉你，抱歉之前一直没有勇气。知道这样很突然，但如果你还愿意见我一面的话，开学之后的第一个周一一点，我在白墙等你。

樱铭

这张字条是天音在收拾回地球的行李时发现的。

她不知道这字条是什么时候混进她的行李的——或许是她生日喝醉的那晚，也许是她考试前昏天黑地的那几天，但这都不重要了。那个落款，那熟悉的笔迹，天音知道自己忍不住地哭，但是嘴角却也忍不住地笑，眼泪流到嘴里，是咸的。

她觉得，她就像爱情长跑很多年后的那个被求婚的新娘。这么多年来，都在赌这一天的到来，不知道可以做什么努力，只是盲目地期盼着，小心地等待着。而这一天，概率其实比中乐透头奖并没有高出多少的这一天，真的到了，她仍然会不知所措，会激动，尽管心里总算踏实下来。

（二）

墙在大雪融化后的下午保持着雪白，天音不确定自己是否走错了路。

她转过身，来时无人的路上多出了一个黑色的身影，一个熟悉到无法再熟悉的被温柔的黑色气息笼罩的身影，一个给了她童年无尽的温暖与欢乐的身影。"哥？"

对方没有回应，只是平静地抬起头。

天音扑向那个黑色的身影，不远的距离她却跑了一个世纪那么漫长。但好在她看得到他，看得到他那向来如湖水般平静的黑色的眸子里温柔的忧伤，看得到他那修长有力的十指上因为紧紧地攥在一起而发红的骨节,像是仍然在害怕着什么,犹豫不前。

这些她都看得一清二楚。

他抬起手臂接住天音飞来的身影。天音抱紧那结实的躯体,一切却都消失了,只有一根缓缓下落的黑色羽毛留在天音的怀里。

天音惊醒过来。今天是平安夜,这是她和父母在哥哥失踪后第一次不在家过平安夜。

说不上来为什么,天音总觉得她的父母并没有放弃等待樱铭,所以才会每年都在家里等,盼望哥哥可以回来。

但是"三"或许真的是个神奇的数字吧,过了这个槛,或许就过去了吧。今年他们租了滑雪场旁一幢半隐藏在树林里的小木楼,在一楼的壁炉里燃上柴火,整间房子都会很温暖。

天音起身,看了看表才三点半。外面的天还黑着,周围一片寂静。这大概是一天里最安静的时候了吧,熬夜的人正好刚睡过去,早起的人也还没有醒来,整座森林安静得犹如不存在一般。

天音推开窗户,一股冷风吹进来,把她从迷迷糊糊中吹醒了。

她知道在这里，大概是等不到哥哥的。

等等等，又是等。

幽光曾经和她说，任何事情，只要你不会后悔，就大胆地去做。失败没关系，被嘲笑没关系，甚至哪怕最后又后悔了，那就停下来，也没关系。

天音羡慕幽光的行动力，羡慕幽光的张扬；但同时她又意识到，她需要等。

等待或许让她错过了很多很多的美好，但也是等待让她能够握住她最期待的温暖。毕竟，幽光没有浮尘也会幸福，而她却不敢错过哥哥的温暖。

天音裹着毯子晃悠到客厅里给自己煮咖啡喝，漫漫长夜她已经睡不着了，但是又不知道自己可以做些什么。

"妈？"天音转过身，妈妈不知道什么时候出现在自己的身后："大半夜的，您不睡吗？"

妈妈摇摇头，在天音对面坐下来。

天音在看到妈妈那松弛的眼袋和并不集中的眼神后知道妈妈又失眠了。

也应该和妈妈好好谈一谈了，天音内疚地想。从一年前她冲动地离家，冒失地去银格，她和爸妈的联系就不是很多。倒不是因为父母还在和她怄气或者她不懂事地觉得他们烦心，而是因为她会觉得内疚，内疚似乎自己的离开让平常走路带风的妈妈在一夜之间多了一份人到中年的认命感。

"音，有一件事情想和你说。"

"是有关哥哥的吗？"天音问妈妈，她几天前和爸妈提到字条的时候他们似乎并不意外。

"和铭和你都有关系。

"银格教过你们第三世界的四大家族吧。风、火、水、土，一共四支。你和樱铭的身上都流着风系家族的血液。爸爸只是一个普通人，你们的魂力是从我这边得来的。我对运用魂力并不是很感兴趣，但是因为你姥爷的期望所以还是在银格读了四年书。主攻研究，魂术只是有的没的混个及格。

"铭对于魂术从小就很感兴趣，也很有天赋。那时候我就想，说不准他在银格会是一号风云人物呢。出于好奇，我就偷偷地给你哥算了一卦。当时只看见了一片黑，除此之外什么也没有。我当时想一定是我太久没用魂力都生疏了，也就没多在意。大概是两年后，你外公提示我说不要再和你们提任何有关魂力的事情。他说他在樱铭的时间轴里不止一次看到了黑色，纯粹的黑色。占卜，简单来讲就是在一个巨型的时间轴上找到合适的时间，定位合适的人，提取出合适的片段。这个世界的时间轴上的每一点都是定好的，也就是说每个人的命运也都是预定好的。占卜师的成功其实就取决于是否能精准地找到合适的片段并且解读他。

"时间轴里的黑色并不代表着常规理解的死亡；正相反，死亡的人的时间轴会变得透明，模糊，甚至无处可寻。黑色的时间轴是灵魂与生命激烈的碰撞下才会有的颜色。按理来讲黑色本就不多见，但是像樱铭这样纯粹的黑色连你外公都是第一次见。就算是因为某种特殊力量阻碍了阅读（这包括一些古老的结界，时间轴与其他世界的时间轴交叉重叠），这样的黑色也代表着必定被某种不定性影响（不定性越少图像就越清晰）。只是无论是平常的生活，还是想努力地改变命运，每一个人下一秒会做的事情都是已经设定好的，就算他觉得他是在改变命运，那些改变也都只是命运的一部分。终了，所有的一切，还是会抵达他们已经设定好的归宿。除非世界有一天混乱到我们的剧本无法被安排，也就是世界末日的到来，不然是要多么强大的不定性才能模糊掉所有的画面只留下色块。

"尽管知道未来的历史不会被改变,但不尽可能地想要改变也是不可能。外公怀疑那些黑色必定和魂力有关,所以我决定不再在你们面前提起魂力。时间就这样平安地过去,直到樱铭消失。樱铭消失之后的一段时间其实没有忘记给我们报平安,说他去银格了,很抱歉不辞而别。抱歉,这些本来是应该告诉你的,但是樱铭去银格之后你的时间轴上也多了许多黑色的区域。这些黑色的区域就像薛定谔的猫一样,在到来之前毕竟没有人知道是什么样子的,所以我和你外公还是决定看情况再决定怎么和你说。"

天音的妈妈裹着毯子,并不凌厉的目光集中在天音的手链上,仿佛那是什么证明。

"为什么不早点告诉我哥哥的事,你知道我有多担心吗?"

"抱歉。"妈妈说:"这件事情没告诉你还有一个原因就是樱铭在银格,并不是一名普通的学生。他是黑衣人,大祭司的贴身保镖,最得力的助手。他的身份是应该保密的,所以恐怕这也是他这么长时间以来都没能露面的原因。我想他这次约你出来恐怕是因为不需要再保密了吧。"

天音点点头,其实根本没办法过滤妈妈在说什么,大脑里的思绪像解不开的毛线。

"有空就多和妈妈视频,给妈妈见见男朋友。"

男朋友?天音意识到那一定又是妈妈读到的时间轴。

第 14 章·重逢

(一)

妈妈和外公读到的时间轴未必清晰准确，但总归还是可以告诉他们未来大致会走向哪里。而天音不知道自己该走向哪，所以只能等待。

天音看了一眼手表，时针和分针都没有移动，只有秒针缓慢地走了半圈。离一点还差不到二十分钟，冬天的太阳直直地从她的头顶照下来，影子因此变成了一个圆圆的圈。

樱铭的纸条上说在白墙见面，但天音也是从幽光那里才打听到白墙是哪里的。

还好和梦里的白墙不一样，天音想。

"嘿，你是天音吧？"

第1923次日落

天音抬起头，那垮垮的声音她不熟悉，那穿着一身白色衣服和球鞋的身影她也不熟悉。

"雷傲，"对方说完，朝她招了招手，两手揣到兜里，晃荡着向她来时的反方向走去："和我来吧。"

天音没跟上，毕竟她又不敢确定他和哥哥是什么关系，何况离约定的时间还有十几分钟呢。

雷傲停下脚步，倚在墙上："别愣着了，樱铭是我哥们儿，我不会害你。"

那倚在墙上的白色身影，张扬地没被周围同样的白色淹没。陌生的熟悉感，那份张扬。

天音大胆地跟上去，哥哥要来见她本来就是秘密，应该不会有危险的对吧，天音对自己说。

其实，想一想，那是一个多么令人后怕的决定。如果雷傲是坏人，她这么多年的等待，就葬送在这十几分钟里。

不过还好如果只是如果，天音走进大祭司的办公室，看到坐在办公桌前的大祭司。

他站起来，和她握了手："樱铭过一会儿会回来。有些事情非常重要，我想在你们见面前还是说清楚的好。离一点钟还有时间，我能理解你急不可耐的心情，但是我想借这十几分钟和你聊一聊。"

"您说。"天音其实并没有心思听大祭司说什么,在见到哥哥前的每一秒都是煎熬,但是她也知道她恐怕没有办法跳过大祭司这一关。

"樱铭是黑衣人,我想这件事你多少猜到了。所以我可以和你坦陈,是的,你的哥哥是我最得力的助手,可以说是我最信任的人。我知道过去四年他有多么想念你,但是他也因为保密协议一直没能联系你,希望你不要介意,也不要怪他。我同意你们今天见面是因为我相信你和你的哥哥一样是值得信赖的,所以樱铭的存在请务必不要说出来,不然只会对你对樱铭对我造成不利。训练会占据樱铭很多的时间,但随时欢迎你加入他。我要说的就只是这么多,之后的时间就交给你们了。"

"我不会。"

大祭司点头,比了个请的手势。天音顺着看过去,一个黑色的身影就站在那里,安静地看着她,目光如水。

天音扑过去,时间并不像梦里那样会被延长,哥哥也不会像梦里那样化成羽毛,但是她却跑过了四年的时光。天音扑进樱铭的怀里,尽管樱铭的腰很纤细,但是只要抱住就觉得真实、安心。似乎不需要说过多的话,只要抱着就好。

樱铭宠溺地揉着天音的发,一下又一下。期盼这一天有多久了,在心酸难熬的夜晚把眼泪吞进肚子里有多久了,他不允许自己哭有多久了。樱铭不自觉地去找那双他熟悉的小鹿般清澈的双眸,却看见那里已经比原来多了一份云淡风轻的成熟。

他错过了多少?

天音笑着回复哥哥的眼神,多少年的梦成了现实,她只觉得幸福。

哥哥也冲着她笑,亦如既往地宠溺。然而笑着笑着,他们都哭了。

一滴眼泪忽然顺着樱铭的眼角滑了下来,然后仿佛决堤大坝,眼泪如洪水般再也止不住地涌出来。

天音意识到这是她从小到大第一次见到哥哥哭,她的眼泪也不由自主地掉下来:"哥!"

"我在。"

"再也不要失踪了好吗?"

"不会了,"樱铭停顿了一下,垂下眼:"我以后永远都在。打死也不走了。"

（二）

四年是一段不短的时光，对于还在成长的他们来说，四年可以是天翻地覆。

樱铭的头发留长了，曾经细嫩的手指上长出了茧子，天音无法想象哥哥经历了多少坎坷。

天音把头发剪短了，笑起来像冬天午后的太阳般温暖，是成熟了的标志吧。

天音在樱铭的心里仍然是四年前那个顽皮的黄毛丫头，到哪里都要领着护着。但是她长大了，自己把自己照顾得很好。

这让樱铭不适应。

不适应四年的光景在他们之间留下的隔阂，不适应四年间所有的改变。但是，一想到他们未来有无限的时光可以填补这些沟壑，并打磨光滑，樱铭就知道一切都过去了，他们会再幸福起来。

今天是个大雪天，光顾咖啡厅的人很少，要过很久才能听到叮咚的门铃声。

"谢谢。"天音接过服务员送来的热茶，又看了眼哥哥的黑咖啡，哥哥开始喝咖啡是什么时候？"大祭司说得很委婉，但是是希望我和你们一起训练的对吧？"

"训练，保密，大祭司在意的无非就是这两项。"

"保密是肯定的，但训练……无所谓啦，反正以后我就可以继续给哥哥惹麻烦喽。哥哥几年没有我在旁边捣乱一定很寂寞吧？"

"我倒是宁可有呢。"樱铭笑着用柔和的语调调侃妹妹，然后想起来什么严肃的事情似的放下了咖啡杯："大祭司有和你讲希望你加入训练的理由吗？"

一个月前大祭司问樱铭："樱铭，可以和我聊一聊天音吗？"

"嗯？"

"记得幽光在训练的时候身上还带着伤吗？那是因为之前她和天音一起经历了一场电梯事故。我后来去查看了事故现场，一整节楼梯都被出事的电梯厢撞碎了。幽光的伤势已经算是上上签里的上上签，天音却更加幸运地奇迹般毫发无损。两个人没有气囊保护，不受伤恐怕是不可能的，但是天音在被送到医院的时候就只有些擦伤，像是进入了深度睡眠一样昏睡一整天之后她就连最细小的刮伤都愈合了。除此之外，醒来后的她对于那起事故毫无所知。

所以我在想，或许你会知道些什么。"

樱铭犹豫了一下，他其实并不能很确定大祭司的真实意图，牵扯到妹妹，哪怕只是说错一个字都会让他害怕："我读过一本医学方面的书，似乎有类似的例子。大体是讲一个人的身体如果意识到他会或者已经受到重伤的时候会自我休眠，把身体里所有的能量都集中在伤口的愈合上。等伤口愈合了，就会再次苏醒。这样能自保的天赋并不常见，也说不上是好是坏。但据我所知家妹没有这样的病史，还是看她的主治医师怎么说吧。"

"那我问你，如果我希望天音加入暗夜骑士，你怎么看？"

"您是指？"

"不瞒你说，天音的宿舍就架在水底古城的出口上，宿舍的电梯也是用水底古城里的魂力维持运行的。水底古城是水系贵族的避难所，是整个银格被最多结界保护的地区之一，从原理上来讲水底古城是比电桩更为稳定的能量来源。这样一来那一次电梯的事故就显得尤为异常，我前一阵子去了水底古城，想查一查会不会出现什么问题。因为我不是水系族人，以前并未去过古城内部，但其实凭着并不难找的水系贵族的徽章作为通行证就可以进去。水底古城和大概所有曾经繁华过的村庄一样，都只剩下荒凉的废墟。唯一的不同是那里有一条裂缝。"

"裂缝？"

"对，你没听错，空间的裂缝，也是那次电梯事故的根源。银格是人工建立出来的空间，就像再坚实的大楼也有腐朽倒塌的一天一样，银格也需要维护。只是水底古城是如此特别的存在，我们对那里的监控基本为零。裂缝我补上了，说不上是很严重的问题，但说实话，我认为那里会有类似的情况再发生。"

在第一条出现之后很快就会有第二条、第三条……而当有一天裂缝的数量超过了他们可以修补的数量，后果不堪设想。

"所以您是希望天音可以帮忙？"并不是很危险的事情，虽然要交给信得过的人，却也并不是非交给谁做不可的事情。樱铭明白大祭司其实是在找借口让他和天音相聚。

"幽光和浮尘找过我，他们很关心你。"

"大祭司。谢谢。"

樱铭回想起一个多月前大祭司和他的对话，咖啡厅楼下伴着叮咚的声音走进来一个秀气的小伙子。樱铭看着他觉得眼熟，但是却说不上来是在哪儿见过。

樱铭收回身，把声音放小了一些："训练就意味着以后必定会执行任务，也就意味着多一分危险。"

"嗯，我不怕。"

"我不会让你出事的。"其实早在樱铭放下邀请函的时候他就在盘算着可以让天音通过加入训练而换得和他合理合法的见面。但是以他的风格他想再多等些时间，等到天音展现出更多加入的资本，也更有实力保护自己的时候。他已经等了四年，难道还怕等待吗？"会责怪幽光吗？"

"虽然知道幽光帮了很多忙，但是不可能不介意。不过现在已经比刚刚知道幽光认识哥哥的时候好些了，再过些时候恐怕就没事了。"过去的一年天音都把幽光当成她最好的朋友，在知道幽光明明认识樱铭却不告诉她之后，天音难免会怀疑幽光还有多少事情瞒着她，是否真的把她当朋友。

冷静下来想这件事情就知道幽光必然有办法让天音和樱铭偷偷地见一次两次，但是毕竟不是长久之计。规定是死的，虽然知道大祭司很关心樱铭，但被发现的结局是什么样谁都不愿冒这个险，幽光也才因此一直瞒着的吧。

风把大片的雪花吹到落地的玻璃上，阻拦了万里高空外的阳光照进窗户。楼下的门又响了一声,天音探头去看,却谁也没有看见。

"我们也走吧,很久没有和哥哥一起在雪天散步了。"

"好啊。"樱铭笑着站起身,并不知道他们的对话被谁听见了。

第15章·月亮

（一）

天音一直以为暗夜骑士会是一群孤独的人类，也一直以为暗夜骑士们平常都在接受非人类的训练，但是在她加入训练之后，她并不反感她每天多出来的这一项任务，反倒觉得暗夜骑士像一个大家庭，能见到幽光，能见到哥哥，甚至因为训练和雷傲成了很好的朋友。

或许因为雷傲是另外一位黑衣人，和樱铭有一层搭档的关系，他总会让她想起霍城，他们原先田径队的副队长。

说起来，樱铭可能都不知道，霍城可以算得上是天音的初恋，至少是在她情窦初开的年纪里第一个倾慕的人。他高大，且与众不同。天音知道霍城的生活其实有很多不易，但他稳重的语气总会让那些不易听起来稀松平常，甚至变成她从来没有见过的世界，新鲜又刺激。其实雷傲也一样，他不介意和她讲他过去的故事。配着从网络小说里摘抄出来的感想和矫情又浮夸的措辞，但那些明明有点残酷又有点心酸的故事和着雷傲像是含着糖一样有点垮又有点拽的声音竟然也有一丝甜味。

那一丝甜味总会让天音恍神，以为自己对面站着的不是雷傲，而是霍城。

"哥，你是不是觉得雷傲和霍城很像？"有一天天音问樱铭。

"像，"从还只是在监视器里见到雷傲的时候樱铭就有这样的感受，而那天冲进火场里第一次亲眼见到雷傲，樱铭更是恍神以为霍城回来了，所以当时才会怔住。"但只是像而已"，之后樱铭在医院里包扎伤口的时候告诉自己，把雷傲当成霍城的替代品对雷傲对霍城都不公平："妹妹和雷傲走得很近也是因为这个吗？"

"才不是，哥不要乱说啦。"和雷傲接触越多，天音也越意识到他们的不同。霍城是坚韧拼命的铁血汉子，而雷傲其实更像是有脾气的公子哥。很多类似的差异都让他们得以在天音的脑海里被区分成两个人，初见时因为熟悉而产生的亲近没有减弱，但天音意识到她不会爱上雷傲。

天音的语气或许会让樱铭误以为妹妹是在害羞,但是天音确实没有办法说出自己喜欢谁。

樱铭向来了解她,或许樱铭说得没有错,天音一边换洗一边想着几天前和哥哥的谈话。

她从更衣室里出来,今天有训练的只有雷傲和她两个人。田教练把前门锁了,练习场里就只剩下一个偏门可以走。

偏门出去是一片连着树林的无垠的草原,要绕很远的路才能回宿舍,虽然很想快点回宿舍睡觉,但已经是晚上十点了,天音不想麻烦哥哥为她开门。

天音推开偏门,却看到雷傲躺在小山坡上发呆,他今天的训练早就结束了。"不回去吗?"

"嗯。"雷傲调整了一下姿势,把双手垫在脑袋后面。在那场火灾之后田就明令禁止他抽烟,这里没有摄像头,他时常会在半夜两点躲来这里抽两根。或许是因为每次看着这里的景色就会感到很平静,所以不抽烟的时候也愿意待在这里。

"抽烟?"

"差不多。"雷傲双眼望向辽阔的天空,那里挂着一轮又大又圆的月亮,比他记忆里美国的月亮还要大,或许他在旧金山的时候就从来没有仔细看过月亮。不记得是什么时候养成的看月亮的习惯，只知道每次只要凝视那一团银白色的光，就会有回忆涌上他的心尖。那些回忆像失了焦的镜头录下来的电影片段，他不知道在讲些什么，只是从模糊的轮廓里隐约猜出那是一个甜蜜的故事。"坐吗？陪我一会儿。"

"好啊，"天音坐下来，那轮明月和一年半前她刚到银格时与幽光一起看到的月亮一样："你知道吗，其实这个月亮是假的。"

"啊？"

"银格是地球的平行时空，而非真正的地球，所以无论这枚月亮的形状如何，都不会是李白举头望明月时看到的那只。"

"但是哪里的月亮都一样，总会让人分外想念那个特殊的人。"

天音从漫天的星光中移开眼，看到雷傲中指上那只镶着钻石的戒指："是这对戒指的另外一个主人吧？"

"或许。"那天樱铭把他带回那幢烧成废墟的干草屋，帮他在层层废墟里找到了这枚戒指。戒指内侧刻的字告诉他还有另外一枚，但他却怎么也想不起那枚的轮廓。

"或许？"

"我忘不掉她，但我也想不起她。"那个剪着短发、穿着白色裙子、向他招手的身影他看不清她的五官，甚至想不起来是谁。他只知道他喜欢她，知道他喜欢她有多不容易。他喜欢她不是说说而已，他是在用每一个细胞喜欢她，他似乎能回忆起他们在一起钻心的痛，也能想起在一起如杧果雪葩般的甜。

雷傲看向天音，她平静地看向星空，眼里映着月亮，和记忆里那个白色的身影重合在一起。天音仍然专注地盯着天上的那乳白色的光晕，偶尔眨一下眼，一对睫毛就像蝴蝶的翅膀一样，扇起一阵风。

"你喜欢吃杧果雪葩吗？"

（二）

草坪湿漉漉的，凉气一丝一丝地渗进骨髓里，但天音还是睡着了。

梦里，他飘起的奶咖色的发丝在火光的映衬下显得格外温暖。他离她越来越远，但他安静的眸子里只有她在火光下的倒影。

周围没有影子。火光下的他们没有任何影子。天音意识到他们在水里,他没有离开,只是向水底沉去。

这样似乎没什么不妥。天音翘起嘴角,一串泡泡从唇间钻了出来。

她把嘴咧得更开了一些,吐尽了肺里所有的空气,向下坠去。

她想,能陪着这双眸子的主人就好了。她愿意就这样沉睡在水底,一次又一次地重复这个沉甸甸的梦。

(三)

在后坡上做的那个溺水的梦像是被扔进天音心里的一颗细小的石子,在天音这一池平静的湖水里留下微弱的波纹。天音感觉得到,却不知原因。

那个梦的触感很真实,真实到天音醒来回味时仍会感到害怕。那对宁静的、绝望的、映着火光的双眸是谁?那就算坠落深渊,也要望着她的人是谁?

会是雷傲吗?这是天音从梦里睁开眼后的第一个想法。或许吧,只是或许。他们是很好的朋友,雷傲愿意把他赤裸裸的过去都摆在她面前,而她在他身上甚至能找到自己初恋的影子。她应该喜欢他的，不是吗？

不是，天音知道自己的犹豫大概就是最好的答案。只是她做梦的时候雷傲就在她的身边，除了他还能有谁。

其实是有的，天音的脑海中映出了天诺那很久没见但是仍然生动的脸。

天诺可以说是除了樱铭以外天音最亲近的人，他也足够帅到让任何一个人动心，但是，她从来不觉得自己是那任何人中的一个，或许……天音知道自己撒谎了。她其实还记得一年半前第一次见到天诺时的心动，只是熟络了，心动反而淡了，是习以为常了吗？

或许那个梦是一个提示，但那样的悲伤，那样的冷静，那样的迷茫，不应该是天诺的样子，不是吗？

第 16 章·雪域

"你很担心吧?"浮尘问。

"很替天诺开心,但是从你到樱铭再到我,四年之内有三位团员加入暗夜骑士虽然是前所未有的频率,但不是不能理解。但从雷傲到天音到天诺只有不到一年的时间,就像是一个军队在开战前大幅度征兵一样。"

天诺发来语音和幽光说大祭司邀请他加入暗夜骑士。他从大概半年前就和幽光说过他想加入暗夜骑士,梦想成真激动得他等不及幽光和浮尘度假归来就迫不及待地想要分享这个好消息。

"没有开战那么夸张,但大祭司在筹划着什么肯定不假,像是在为什么危险做准备。"

"嗯,我也有这种感觉。"

"但天诺那小子加入暗夜骑士其实是为了天音吧。"

"我亲弟嘛。"虽然说亲弟弟加入暗夜骑士不会不为他担心未来的危险,但她知道天诺已经成熟到可以为自己的选择负责,在做出选择的时候必然考虑到的并非只有天音:"樱铭的电话。是要讲天诺的事情吗?"

幽光安静下来,樱铭和他们平常都是用微信聊天的,如果打电话肯定是有紧急的正事。

浮尘摇头,望向窗外的雪山,脸色变得凝重:"雪域里发生雪崩了。大祭司先过去了,樱铭还有两个小时会来接上我们,我们要进一趟雪域了。抱歉 Babe。"

"这有什么可抱歉的,度假总还有下一次啊,但第一次执行任务能和你一起我很开心。"

"我爱你。"浮尘说。

"我也爱你。"幽光说。

整个雪域山脉被一个巨型的结界笼罩着,这结界是银格史上最古老却也是最坚固的结界:不仅只有四大贵族的后裔才能进入,而且唯一的入口也被周围的山脉包围着很难到达。

从浮尘和幽光住的度假村出发,一路上樱铭的飞机飞得都不高,只是贴着雪域的结界朝雪域另一头的入口飞去。没有云层的遮盖，从飞机上望下去整个银格都是一片白茫茫的平静。

在飞机隆隆的声音下，樱铭简洁地阐述了这次临时的任务。大祭司安置在雪域外围的检测器检测到了里面的异动，根据大祭司的判断应该是一场飓风。因为雪域是一个密闭的环境，里面一直都风平浪静。无风不起浪，这样的飓风一定是代表着什么异变。因为时间紧急，大祭司已经先只身前往去最远处的风眼处查看了，留下樱铭接上浮尘和幽光去查看剩下的两个风眼。

浮尘和幽光起初还觉得有些不可置信，毕竟他们身下的雪域尽管巍峨，却是那样宁静。

然而现在，接近目的地的时候，那片宁静就被打破了。一片浓郁的白色笼罩了他们。飞机上下颠簸着，比过山车的起伏还要大。

浮尘和幽光都没敢说话。驾驶舱里的空间不大，他们之间的距离近到可以听到对方的呼吸。他们不敢打扰樱铭，他额头上冒出的细密的汗珠都没有精力去顾及。他黑色的双眼直直地望向前方的苍白，试图分辨出什么，却什么也没有。

那是他们从未见过的樱铭。樱铭应该是那个来无影去

第16章·雪域

无踪的神秘的黑衣人,他做什么事情都应该易如反掌。

但现在,他在紧张,他的身体在发抖。

"我们,好像进入结界了。"

幽光和浮尘并不是很清楚这意味着什么,但从樱铭的表情来看,这似乎是比见到墓地里的鬼魂还要恐怖的事情。

"要帮忙吗,兄弟?"浮尘看向他面前复杂的仪表盘,如果没猜错的话樱铭在试图降落。

樱铭深吸了一口气,缓缓地吐了出来,在短短的三秒钟内镇定了下来,至少看起来是:"没事,我搞得定降落。你和幽光系好安全带。"

"靠你了,有什么需要说一声。"浮尘拍了一下樱铭的肩让他放心,除此之外,似乎没有什么可做。

樱铭点头,但注意力已经全部集中在手里的操纵杆上。他把操纵杆推到底,紧握着操纵杆的手指被攥出了清晰的红色的骨节。他没有告诉浮尘,在这种情况下他们是不应该降落的,但是他迷路了。他们早在十分钟前就应该冲出这一片雪障,但在这无边无尽的白色里,时空像是被没有规律的风扭曲了。

这架飞机经不起更多风里的冰块的击打,再飞下去也不过是徒劳。飞机的油箱不大,去接浮尘和幽光本来就已经把多余的汽油耗尽，如果再不降落，他们面临的就是坠机。

其实他们是不应该降落的。先不说强劲的风使他连平稳的飞行都不能维持，更不用提他们将要降落的地面上的积雪在常年风吹日晒后早已变成了没有阻力的冰。

这大概是他打过人生最大的赌，因为这一次，赌注不止他一个人。

但或许是命不该绝，尽管在着陆后又滑出了很远的距离，飞机终究还是停了下来。

只是时间并不允许他们庆祝，他们刚刚经历的危险不过是个开始。"我们好像停在了风眼的附近，到大祭司希望我们去查看的地方还有一段距离。"

风雪里飞机再起飞显然不可能，但是只身在风雪里前行更是艰难。

"我用风诀应该可以在风雪里劈开一条路离开这个风眼。"

"我和你去。"浮尘的语气里是义不容辞，没有给樱铭拒绝他的余地。雪域里他们本来就不熟悉，这样恶劣的天气更是增加了危险的因素："不要太逞强了。"

浮尘说得没错。若只是平常，樱铭或许还应付得来，但在这样的暴风雪下他一个人去简直是去送死，如果加上浮尘，他们则有一大半的概率可以平安无事。但是，这就意味着幽光最好能留下来等待，失去这坚固的铁架子等于失去离开这群山的双腿。只是把幽光留在这里对她是最大的挑战，因为等待往往比出勤更难熬。

"注意安全。"幽光其实是害怕落单，茫茫雪域，出去面对风雪对她来讲或许会更容易一些。但是这里不得不有人留守，飞机上很多大的设备他们在风雪中都无法携带，无论是用何种计算方法，她都说服不了自己自私地跟上："浮尘，我爱你。"

浮尘解开安全带，把一个黑色的盒子放在了幽光的膝上："Babe，我爱你。"

"去吧，我等你。"幽光说。

等待或许才是最艰苦的工作。因为等待并不是出于懒惰，而是无能为力。幽光蜷缩在皮质的椅子上盯着四周的屏幕，她成功地用土诀把探测设备送到飞机之外，透过摄像头，她可以看到在越来越暗的四周，每一处都是苍白，除了白色，还是白色。

只是，没有她期待的影子。

幽光真切地希望自己也可以出去面对那些暴风雪，但幽光知道自己不能走，至少，还没到走的时候。显示器上显示浮尘和樱铭似乎已经到达了目的地，从他们那里传回来的画面被白色模糊掉了所有的轮廓，但至少不再遮天蔽日。

幽光把浮尘留给她的盒子放到膝上，想起浮尘从机舱门钻到风雪里的时候的那回眸一望。

她曾和浮尘说道别的时候不要不舍，不要回头，不然那可能就是最后一眼，就真的再也见不到了。幽光知道这恐怕只是无稽之谈，浮尘离开时的那一个回眸也只是因为放心不下。她担心浮尘甚至超过了一个人被困在暴风雪里的绝望。

那一刻，幽光发现自己是多么的渺小又无助，或许就像她的名字一样，她只是一道微弱的光，她不可以上天入地。她有胆量在天空中翱翔是因为知道浮尘会在她坠落的时候接住她；就算去海底万里，天诺还是会像甩不掉的跟班跟着她，给她结实的肩膀。

她能上天入地是因为她幸运地总是能有人依靠，但现在，她却要眼睁睁地看着他们冒险，而自己继续被他们保护，留在钢铁护盾里。

幽光清楚地意识到自己的情绪跌落到了某个谷底，等她挺过去，这些悲观的念头或许就会消失，她要坚强。

风暴逐渐停下来，透过驾驶舱的玻璃能看到一座巍峨的雪山和风暴结束后露出的黑色山岩。一把金色的阳光穿过大气层倾倒在皑皑白雪上，折射成一道刺眼的光芒照进幽光的瞳孔里。

西方有一句谚语"every cloud has a silver lining"，它是说就像乌云也会有一线金边一样，在再坏的逆境里也有希望。

在那金色的光芒里幽光在监视器一成不变的白色里终于见到了一个奔向她的黑色的身影。

"辛苦了。"大祭司跳上飞机："飞机的固定做得不错。"

"没有。"幽光镇定下来，不知道是因为大祭司的出现给了她希望还是她已经习惯在他人面前坚强："您那边的情况如何？"

"浮尘和樱铭那里是关键，我们的两处都是那里导致的连锁反应。'瞳'觉醒了。"

雪域是银格最初始的模样，是三位骑士最初的家园。后来三位骑士中的一位在临死前建造了结界把雪域封了起来。相传在那之后他再也没有回来，他的魂兽困在结界里面，因为迟迟等不来自己的主人，发脾气制造了一场暴风雪把所有的山峦覆盖，成了如今的雪域。

后来那位骑士去世了，他的魂兽"瞳"因为失去了主人也跟着进入了沉甸甸的睡梦里。"瞳"是远古的神兽，他会有苏醒的一天。在苏醒之后他会忘掉之前所有的记忆。他会找到新的主人，拥有新的记忆，直到新的主人离开，他将再次进入沉睡。

"但如果'瞳'真的苏醒了，暴风雪不应该只维持这么短的时间，而且浮尘他们……"幽光看向监视器，那里显示浮尘和樱铭的各项体征都还正常，只是他们还没和她联系，她无法知道那里具体的情况。

大祭司闭上眼，似乎在思考什么。幽光识趣地收回了她之后想说的话，毕竟大祭司能成为大祭司和他高人一等的判断力密不可分。

"大祭司，浮尘在向我们移动，而且快得不可思议。"

幽光望出去，窗外的风卷起一层雪雾。

雾里站着一只狮子，雪白的鬃毛，庞大的体态。它透过玻璃看到了她，仰起头发出了一声怒吼，但没有恶意，仿佛只是在吸引她的主意。

雪落回地面，幽光看到一对异色的双瞳，一蓝一红，没有敌意，只是有些迷茫。它把小心翼翼地叼着的浮尘放到雪地上,摇了下尾巴,又消失在茫茫的雪域里。

幽光奔出去,浮尘毫发未伤。

幽光望向狮子消失的方向,错觉那只狮子在回头望着他们,像是在目送许久未谋面的朋友远行。

第 17 章·异瞳

那双异瞳，一蓝一红，仍然像梦境一样。

那天，他在收集完大祭司需要的数据准备撤退的时候，他看到了在起风点的它。它银白色的毛发和雪地混为一体，但是他一眼就认出了它。

那时，一个想法在他的脑中一掠而过，或许，这头银色的狮子，会是这异象的根源。

那狮子趴在那里，安静得仿佛还在沉睡。但浮尘不敢掉以轻心。他一步步地从背后靠近，那只狮子始终没有反应。浮尘在离它还有几步的时候停下了，这里已经足够观察了，再近也没有必要，而且这里有足够他反应危险的距离。

浮尘拍下了照片，用仪器测量了数据，看那只狮子仍然没有动静，便迈开脚步，慢慢地向狮子的前方走去。

"嗷"的一声,狮子跃身而起,在他反应过来之前,向他扑了过来。他甚至来不及躲闪就倒在了地上。

然而那只狮子在看到他之后犹豫了很久,却什么也没做,反而把他护在它的身下,甚至把他的爪子伸出来给他垫着。

那对瞳孔,如同人类的双眼一般,也写满了喜怒哀乐。

浮尘透过白色的鬃毛看到外面的风雪越来越大,甚至密集到他看不清天空的蓝色。而他的思绪竟也一直飘到了千里之外。

心中竟然没有要离开这里的意思,在暴风雪的中心,周围的世界却那么安静,安静到他竟然做了一个很漫长的梦。在梦里,他又看到了那双异瞳,看到那只雪白色的狮子奔向远处的冰原。他没有跟上去,而是在他们中间建立起了一层严密的结界。

那只狮子停下了脚步,回过头来找他,却被结界隔在了另一头。它拼命地想抓破那层结界,但一切都是徒劳。他转过身,尽力不去看它,一步一步地向远方走去。

直到走了很久,久到身边已经不再只是皑皑白雪,他恋恋不舍地回过头。它还在那,只是不再挣扎,那一蓝一红的眼睛注视着他，仿佛从未移开。

　　浮尘惊醒过来，那只狮子似乎也有同感般垂下了头，厚实的鬃毛扎在他的脸上痒痒的。

　　再之后幽光和大祭司接他和樱铭离开了雪域。

　　他回过头，发现那只狮子一直在看着他，直到他走出雪域，就像梦里一样。

第 18 章·古城

樱铭消失了很久,早该度假回来的幽光也是。天音意识到这一点的时候幽光和樱铭已经从雪域出来一周恢复训练了。同一天,天诺也加入了她们的训练,不似幽光的担心,天诺的加入只让天音感到开心,像是一个大家庭终于团聚了,每天也因此从忙碌变成彻底的充实。

只是,天诺的到来似乎也标志着什么东西改变了,因为她在同时接到了训练半年以来的第一个任务——去水底古城。

水底古城曾经是水系贵族祭奠先祖的坟冢,也是水系家族在战争时的避难所,非水系家族的成员可以通过携带水系家族的族徽自由进入。

他们这一次的目标是古城中心的祭奠场所,只有依照特定方式,在特定的时间才可以使保护着水底古城的银格里最结实的结界开启。按照祭祀的规矩，进入古城应该从湖边出发，用水诀从湖的中间劈开一条路，直接来到古城的大门外。这样巨大的工程本来就是只有水系家族才能完成的事情，任他们再如何强大，也只能选择依赖现代的科技下潜，再由雷傲在大门前用水诀劈开一小处空地，模拟出他们应该再现的场景。这就意味着除了各种模拟实景的练习，天音还要在两个月内熟练地掌握潜水，这对于接触魂术只有不到两个年头的天音来说算是一个非常仓促的安排，也是个不小的挑战。

樱铭换好潜水服，双脚被冰冷的湖水刺得有些发麻了却仍迟迟不肯下水，像是在等着什么。

现在是十月底，水面虽说没有结冰但已经足够刺骨，尽管这和两个月前樱铭刚经历过的寒冷相比不值得一提。

两个月前在水底古城的任务是樱铭第一次和大自然打交道，而自然的多变远远超过了他的想象。尽管回想起来多少有些后怕，但樱铭走进风暴里的时候却没有犹豫。他早就已经习惯了这样的生活——不知道什么时候平静的生活就会被打断，然后被危险一股脑儿地环绕起来。第一次、第二次的时候他或许会害怕紧张，但慢慢地他就知道

第18章·古城

自己的极限在哪里,执行任务不过就是像做数学题一样简单:找到问题,再一步一步解决。

唯一的区别是人生不能像数学题一样可以先在草稿上做演算,这就是任务的危险所在,也是其魅力之处。但樱铭从来没有像这次这样畏惧过。

尽管水底古城里的瞬息万变不是读过几本文献再加两个月的努力学习就可以保证万无一失的,但是和暴风下的雪域相比,水底古城安全得像一片安乐园。

樱铭之所以畏惧是因为他这次不是孤身奋战,他知道自己有能力全身而退,却没有办法护住天诺、天音和雷傲三个人的周全,更何况,他们三个人根本不知道这一次任务的最终目标。"我对大家每一个人都有信心,这一次任务我们所有人都完完整整地进去,也完完整整地出来,一个都不少。待会我来带路,天诺殿后,像我们模拟的那样,有疑问吗?"

为了对抗水压,下潜的过程很长,在他们沉到水底的时候,阳光通过层层湖水的阻挡已经变得黯淡了。这更显得水底古城庞大的、常年没人居住的青灰色的建筑死气沉沉。不过好在只是诡异,还没有到阴森惊悚的程度,若只看水底古城的剪影，倒仍有些壮观。

四人在黑色的礁石上站定，谁也没有动作，过了好一会儿，天音抬头看到几个巨型泡泡从头顶飘飘晃晃地落下来，堆在水底古城的结界外侧，是樱铭用风诀操纵的。

然后，在雷傲水诀的作用下泡泡之间的水分成了三条水柱环绕住他们。在太阳的余晖下，像是三条晶莹剔透的龙。

天音吃惊地张大嘴，忘了自己在水下，连着吐了好几个硕大的泡泡也没能缓过来，她隐约记得在哪里见过那样的龙。

"没想到这里能看到夕阳。"天诺摘下氧气面罩说。

天音惊讶自己是怎么在水里听到天诺说话的，随即意识到那三条巨龙已经把他们推进了结界内部，他们周围的水也因此都已经被排空了，水珠顺着脚蹼在地上积出一小摊水。

天音摘掉氧气面具仰头向上望去，他们头顶就是随时会掉下来一般的水面，在夕阳的照射下，闪着浅金色的光芒。那是一种比在海洋公园的海底世界看鱼儿游来游去还要神奇的感觉，水的折射让太阳看起来离他们很近。"第一次有伸手就能够到太阳的感觉。"

第18章·古城

"要等大门打开。"樱铭专注地望着眼前的大门,太阳的距离代表他们的时间没有算错,但这只代表他们过了第一关,他们仍然在水底古城的城外。

头顶的金光消失后留下越来越深的蓝色,但眼前的大门却仍然没有一点动静,樱铭知道大门要在太阳完全消失后才会打开。

周围漆黑一片,什么也看不清,但脚下已经长出苔藓的石板却给人踏实的感觉。似乎是被这庄严的氛围感染,明明都很累了,所有人都不约而同地站着,静静地等待大门开启。

在来到银格不久之后,不确定是因为什么,天音开始怕黑。或许是因为那次不知原由的电梯事故在她心里留下的阴影,紧张之下天音不自觉地抱住了旁边人的手臂。那是太阳般滚烫的温度,她的直觉知道那不是哥哥,哥哥的皮肤总是冰凉的,自然也不会是雷傲。天音意识到那是天诺,那结实的能感到血液流过血管的胳膊是天诺的。

天音的肌肉紧了一下,就在天音想松手的时候,她感受到天诺轻柔地把她搂到了怀里。

天诺犹豫了一下,在大门咯吱咯吱地打开时松开了手:"快走啦,城门开了。"

高大的城墙内有很大片空地,根据浮尘的介绍,这片空地上会出现一道水墙,目的是为了防止外来者入侵。虽然比较稳妥的做法是等水墙出现之后再用水诀破开墙壁进去,但浮尘说他们最好能赶在水墙建起之前冲进去,因为以雷傲用水诀的能力能不能保护住四个人不好说,所以多一事不如少一事。

四个人因此听话地一直跑到一排一排彼此挨着的民房,意识到他们已经安全后才停下来,而回过头却发现应该在他们身后建起的水墙连一点痕迹都没有。

夜里的水底古城很黑,在爬上屋顶后仍然要借着远方城楼的灯光才能依稀看清身边人的轮廓。其实现在并不算晚,远没到他们平常休息的时间,但进入水底古城后他们头顶上方那不会掉下来的水面就成了他们的另一方天空,就像进入了另一个世界,此时整座城安静得犹如午夜已经来临。

四个人并排在屋顶坐下来,没人有再向里多走一步的意思。

要说在几天前,天音对于这一次的任务还有着不少幻想。就像是,做好了十足的准备,期待着去一次身临其境的大型密室逃脱。虽然不是什么摸金校尉也不会什么寻龙诀，但他们这样进入水族的陵墓里像守陵人一样转一圈，检查整个水底古城的安全也是一件蛮酷的事情。但真进来了，才知道这里不是密室，没有摄像头可以挥手求助，没有人特意留下线索纸条。他们只是很茫然地进入了这里，在大祭司的旨意下寻找他都不确定是否出现的漏洞。

都说人是有气的，说不准仍然有人住在这里，这里才会显得没有那么阴气。更何况，没有人维护的水底古城里的建筑再坚固也不会千年不倒吧。

天音从樱铭那里接过了睡袋，发现雷傲已经钻了进去，反常地安静。

"明天太阳六点钟就会升起，我们在那个时候出发，你能守最后一班夜吗？"樱铭蹲下来问雷傲。

雷傲点点头，闭上了眼。

"好好休息吧。"樱铭轻轻拍了拍雷傲的睡袋让他放心，才又回到天音、天诺身边。半年前的那场火灾就像电源的开关，咯吱一声，扭转了雷傲生活的轨道。他明明还是他，但从那一天开始，却有什么细节被改变了，让他一天天变得安静，从每天早起一直到晚上训练结束，不惹是生非，也不为非作歹，甚至连宿舍都很少走出半步。雷傲有时就像是个没有生命的木偶，任人摆弄。这情况最近变得严重了许多，樱铭想帮忙，却无从下手。

"雷傲没事吧？"天音问。

樱铭的视线穿过天诺和天音牢牢地黏在雷傲身上，摇摇头："没生病，也不像是生气。"

"他压力太大了。"天诺的话没说完，但识趣地把"或许他不该来"这几个字吞掉了。无论是暗夜骑士还是黑衣人都代表着义不容辞的责任，这也就等于不可抗拒的压力。要说压力大，他们怎么能和樱铭比。

"妹，你要不要先休息守后半夜，我们不会吵的。"樱铭问天音。

"你们多说点话才好，水底古城好安静啊。"

樱铭和天诺安静地坐在火堆边，并没有像天音期望的那样弄出什么噪声。直到天音已经睡熟了，樱铭才说："天诺，我有事要和你说。"

"嗯？"

"你知道火骑士的'龙焰'吗？"

火骑士，出生在水系贵族汪洋水域里的一个小岛上，素有"龙之子"之称。小岛在火骑士六岁时遭到了灭顶之灾，在灾难里幸存下来的火骑士被水族的王后收养，并在水族大陆的王宫里长大，因此阴差阳错成了为数不多可以同时操控火元素和水元素这两种相克元素的人。

"龙焰"是水族的公主送给火骑士的礼物，因为兼顾了两种特性，被称为远古四魂器中最年轻的一个。但就算如此："龙焰"仍然和其他三个魂器一样是有灵性的，据说火骑士的魂魄和龙焰是融为一体的。它会寻找自己的主人。若不是它所认同的主人，任何人都带不走它，甚至都找不见它。

火骑士后来离开了水族的王国，直到第二世界发生战乱，他来到银格之后就再也没有回去。而他再也没见到他最亲密的玩伴，当时同为暗夜骑士的水系公主，四位骑士中唯一没能逃出来的那位。

"怎么了？"

"大祭司和你说我们这一次的任务是检查水底古城里是否出现了时空漏洞对不对？但你有没有想过我们要这么大费周章到达中心祭点的原因是什么。时空漏洞随时可能出现，存留在祭坛中的龙焰随时可能被卷走，越早把龙焰带走，越能让人安心。"

龙焰被安放在水底古城里天诺并不惊奇，但事实是他们四个人就算能找到龙焰，也不一定会有和龙焰同调（一种通过魂力结成的契约，当一个人和魂器同调之后便可以把魂器收进自己的零度空间，成为魂器的主人）的能力。如果无法同调，那么龙焰仍然是那个可以随时消失的神器。

"谢谢你信任我。"天诺一时不知道要如何反应。他相信樱铭说的是可信的，事实上除了信任樱铭，天诺也没有其他办法。只是，大祭司隐瞒必然有隐瞒的原因，樱铭为何要告诉他？

"坦白来讲，这一次能不能成功地把龙焰带走，我把宝压在你的身上。"樱铭知道他本来是不该把这些告诉天诺的，不知者无畏，不知道实情天诺成功的可能性反而更大。但或许是压力太大了，他有一种感觉他需要说这些话给天诺听，不然他会撑不住。

"浮尘哥才是更有可能的不是吗？"火是"龙焰"的辅助属性，历史上龙焰的主人也都是可以运用水诀的人。

"浮尘已经有匹配的魂器了，是他和幽光在雪域度假的时候的事情，一时很难解释。"樱铭闭上眼，他想起了在雪域里和浮尘一起度过的那个黑色的夜晚。那晚风暴逐渐停息下来，在白色的迷雾中他看见一只雪白的狮子向他们走来，护住了浮尘。那一蓝一红的双瞳是那样的平静，以至于后来他都不敢确认那是不是一场梦："之所以以前只有水系的拥有者可以取得龙焰，是因为很少有不是水系家族的人可以进到水底古城，所以无论是你还是天音，或是雷傲都有可能。"

第 19 章·迷雾

青瓦白墙的水底古城在日出的时候并没有很惊艳,只是慢慢地在光线下变得清晰起来。

樱铭醒过来,还好这一夜平静无奇。他跟还在守夜的天音和雷傲打了招呼,但没舍得把天诺叫起来,自己默默地开始准备四个人的早饭。

浮尘说水底古城里的房屋排列得像一座迷宫,除非知道特定的口诀,不然就会像鬼打墙了一样找不到出口。但因为种种原因浮尘也不清楚这个口诀,只是从长辈那里听说祭奠的寺庙的入口就在大门的延长线上。

为了不迷路,四个人轮流翻上屋顶确认房屋的排列和入口大门的方位,以便引导剩下三个人的行走路线。虽然这样做在某种程度上拖延了进度,但是至少可以确定他们每走一步都能离真正的目标更近一点。

第19章·迷雾

只是这样真的很慢。从天明到黄昏，他们踏过的是几乎一模一样的青砖；走了那么久，身后的城墙仍然是当初那么近。

整座古城在失去阳光后暗淡下来，樱铭示意在屋顶上的雷傲停下来休息，但顺着刚刚声音的来源却找不到雷傲的踪影。

樱铭竖耳聆听，整座空荡荡的城里除了站在他身边的天音和天诺的呼吸声，他听不到雷傲的任何声音。安静让时间的标尺失去了测量的刻度。回想起来，上一次雷傲给他们指示也是在几分钟前了。

发觉不妙，樱铭用风诀直接临空而起，但是就算已经高出了参差不齐的屋顶，仍然寻不见雷傲的踪影。莫非雷傲走进了时空的裂痕？樱铭发现自己的举动多少有些冒失。

"哥，要帮忙吗？"是天音的声音。

樱铭看下去，三个人在底下望着他，还好只是虚惊一场："没事，你们三个先上到屋顶上来吧。"

"三个人？"天诺疑惑地转头看了看身边，雷傲明明还没赶过来。

樱铭落在屋檐上，和天诺、天音站在一起的黑影消失了，而雷傲也正从一个处于他视觉死角里的小巷子里走出来。樱铭虽然确信刚刚确实看到了三个人影，却没再多说。这种事情不知道对方的企图和来历，甚至不能确定对方的真伪，说出来恐怕只是会吓到他们，还是他自己留个心眼就好了，毕竟对方看起来并不像有恶意。

难道是因为时空漏洞吗？樱铭看向雷傲，发现他就坐在一旁，双眼直勾勾地望向天诺和天音，不像是嫉妒，只是有点愣愣地看着，仿佛失忆了的人看到了曾经熟悉的场景。

"怎么了？"雷傲问樱铭。

"你的侧影和我的一个兄弟很像。"樱铭随口扯到，他原来已经盯着雷傲看了很久。

"是吗？我帅得这么独一无二、天下无双，和我长得很像那对他来说是件荣幸的事啊。"雷傲耸肩，把手伸进了裤兜里面，搅得他带在身边的弹珠碰撞出咯吱咯吱的脆响。

霍城以前对弹珠有一种莫名的执着，经常塞一把在校服里面去大街上走，听起来就会像装满了钱币一样。天音一直说雷傲和霍城像，不只是长相，就连习惯也如此相同。

樱铭笑，习惯了雷傲的自恋。

"不过我确实有一个哥们儿和我长得很像，在西雅图。"雷傲想起了一张照片,在十九的钱夹里见到的。似乎是三个人登山的合照。上面的三个人长得都还小,他一直以为是十九的家人,仔细一想,那陌生的两张脸、天音和樱铭似乎也有可以重叠的部分。

"我的兄弟叫霍城。"

"我想不起来他叫什么了。"雷傲坦白道,这么长时间他一直都十九十九地叫,就算偶然见过十九的真名也早就忘记了。

樱铭点点头,霍城会说的英语一共就三句:你好,婊子,再见。虽然夸张一点,但是他去西雅图这样的地方的概率微乎其微。

"真的,没骗你,我记性不好,忘了好多事,就连我最爱的女孩的名字……只能从这戒指上知道她名字的缩写是 yy 了。"

樱铭惊讶地抬起头,他知道那个名字,在那场大火之后送雷傲去医院的路上雷傲不停呢喃着的名字。他一直猜测雷傲有选择性失忆,应该早点想到雷傲忘记的是她的名字的:"也许叫伊奕吧?"

"伊奕?"那个名字让他头痛,并不是撕心裂肺般的,而是像明明知道面前的一把锁的密码,却不知道如何把锁扭开一般。他越是使劲，那锁就越紧，那记忆也就越远。那种无能的烦躁将他分成两半。

"嗯。"这是雷傲和樱铭那一整夜唯一的对话。雷傲沉浸在自己的世界里没有多话，而樱铭虽然想关心一下雷傲，但却知道他就算问出些什么也帮不上什么忙，他并不那么八面玲珑。

实际上，更困扰樱铭的是另外一件事情，他并不确定接下来的路要怎么走。

他刚刚飞在空中寻找雷傲的时候几乎能望到水底古城的另一头，但是那一整条延长线上并没有什么所谓的寺庙。或许是他们的思维被固化了。寺庙并不一定非要和他们进来时看到的城楼同样宏伟，更何况浮尘只是说入口在延长线上，也就代表寺庙可能并不在这里。可是入口是什么样子？他们一路走来看到的都只有民房而已。

"雷傲，你觉得入口会是什么样的？"

"门。"

"一扇门？"

"嗯，普通的门。"

"为什么这么想？"

"不知道。"

第19章 · 迷雾

樱铭回头向身后城楼的方向看去。雷傲的直觉向来很准，如果如雷傲所说，他们说不准已经错过了入口，但除了再走下去似乎没有其他选择。之前他们找不到的入口，就算折回去再看怕也是徒劳。如果不走下去，也就不会知道他们是否应该折返。

樱铭看着背后的漆黑，发觉似乎有什么不妥。那黑色，给他一种不祥的预感。但不是黑影，他们周围没有第五个人。

樱铭回过头，雷傲坐在火堆旁已经昏昏欲睡，木柴溅起的火苗几乎要燎到他的头发。那小子该不会要睡着了吧，樱铭站起来，把雷傲拽得离火堆远了一点。透过火堆望向他们进来时的城楼时，发现楼上的灯火不见了，或者准确地说，是变淡了，像是鬼火一样幽幽得几乎看不见。

似乎是起雾了。

樱铭其实并不确定这雾的含义，但是却隐约觉得来者不善。他赶快把天诺和天音从梦里叫醒，自己则趁着他们起身把所有的东西都打包收拾好。

说实话两个人睡得都不深，尽管花了一些时间才彻底醒过来。但雷傲不知道为什么陷进了一种半梦半醒的状态。

不过是两分钟，迷雾已经逼得近了许多，已经能感受到些许零散的水气。樱铭背上雷傲问天音:"音,你能用风诀带着天诺飞吗?"

天音点点头:"但可能不会很远。"

"没事,我帮你撑着。"

"嗯。"

樱铭听罢直接向前飞去,在空中等着天音跟上来。夜里没有光他很难看清任何东西,但是他能清楚地记得有一片房屋明显地在高一些的地势上,雾是从地底下冒上来的,高的地方就代表着安全。

天诺用火诀点燃了一团火放在他们的前方用来照明:"有什么想法吗?"樱铭一边飞着一边问天诺。

"找一个高一点的地方,有房间能躲起来最好。"

"嗯。"樱铭继续前进,发现身后天音的速度慢了下来,应该是体力不支了。樱铭缓下来,等天音追上后接手了她正在用的风诀。

对抗地心引力并不是件容易的事情,四个人加在一起后速度慢了不少。

"天诺,把火球向下放,我想看一下下面。"樱铭停下来,能在火光下看到一个还算体面的大门:"就在这里吧。"

四个人落在地上,樱铭走在前面,雷傲不知道什么时候醒了过来，从樱铭背后溜下来，跟在三个人后面。石质的大门是敞开的，樱铭走在前面，看到敞开的大门之后警觉地停住了脚步，示意剩下的人也不要继续前行。

虽然说时间紧急，但是这个门打开的方式总让人有点介怀。

莫非是陷阱吗？樱铭本能地贴到了门侧的墙壁上想先探头看一下里面，但还没站稳脚就被雷傲从后面抱住扑倒在大街上，一支箭从他们耳边擦过。

雷傲松开手，站起身，看了下四周，拍了拍手上的灰，没有解释径直穿过大门，进去坐了下来。

天音拉着天诺追上雷傲，在这种没有光源的情况下撞到陷阱恐怕就是找死。但雷傲径直地在前方走着，似乎在黑暗里并不需要灯光。樱铭捡起那支差点射到他的箭，大步地跟了上去。

雷傲说机关陷阱的设置都是为了保护自己伤害敌人的。只有我们这种心里有鬼的人在看到敞开的大门之后才会害怕，来祭祖的人就不会。

樱铭没有反驳，这样的反逻辑是合理的，但天诺和天音或许看不到，雷傲或许也没察觉出来，他确实是触动了某个机关，但那个机关已经年久失灵了。那个角度，那个声音，更像是有人站在高墙后向他射了一支冷箭。

樱铭让天诺和天音聚拢了一点，相比起外面的大雾，那个黑影似乎是更大的危险，这已经是它第二次出现了。

天音在房间四周转了一下，查看有没有什么密道，却发现整个狭窄的房间里朴实到连一张桌子都没有。

大家被这样突如其来的改变吓得都已经不困了，但短时间内也没有更好的对策，只能看迷雾是否有散退的趋势。雾来得很快但退得很慢，在手表上显示已经是下午五点的时候，透过门缝向外看，街上仍然弥漫着雾气，阴森森的，大概头顶上方的银格也是阴天。

第 20 章 · 水井

雷傲睡了很久，等他醒来，天又黑了，剩下的三个人却都是十分警惕。

他伸了个懒腰，站起身，推门走了出去。天音发觉那并不是他们进来时的大门，而是一道藏在墙上的暗门。或许是灯光太暗的关系，天音之前检查的时候不曾看到，尽管她当时明明有摸过，并不记得有门缝的痕迹。

天音缠上樱铭的手臂，轻轻戳了戳。

"哥。"

"我知道。"樱铭看着雷傲的背影，不仅是天音，就连他也无法乎视到雷傲的反常，从昨天他消失开始。

雷傲对于这里太熟悉了，他对所有事情的漫不经心仿佛都是因为他对每一个细节都已经了如指掌，仿佛已经排演过每一个细节。

天不怕地不怕是雷傲的性格，但对于未知的恐惧是人类的本性。樱铭不敢下结论在雷傲身上到底发生了什么，但是樱铭意识到雷傲一定有什么事情在瞒着他们。

雷傲不是心里能藏住很多事情的人，但同样也不是愿意把什么都和盘托出的人。

"雷傲，你去哪？"樱铭问。

"去后院走走。"

"那我陪你去。"

雷傲的脚步停顿了一下，似乎是在犹豫，但还是等樱铭跟上后才继续向前走去。

实际上，他们没走几步路就又停了下来。

从暗门出去后是一片空阔的平地，上方并没有任何遮罩，但浓雾并没有渗进来，抬头甚至能看见一弯晶亮的黄色。

雷傲在一口水井旁停下来，把魂力聚集在放在井檐上的左手掌心里。

樱铭害怕雷傲出事，但又怕自己的反应太明显，就也蹲下去，一把搭住雷傲的肩。

雷傲没搭理樱铭，只是继续在那长着青苔的斑驳的石块上寻找已经被时间冲掉了的字迹。只是他什么都没找到，过了良久，他转过头对樱铭说："不知道你是否知道，其实我也是水系贵族的后裔。不过和浮尘不同，我们家是不被承认的一支。但水底古城还是让我感觉熟悉，就算一个人也没有，也像家一样温暖。"

樱铭点点头，不知道该说些什么好。

"你应该觉得我很奇怪吧，我也不知道为什么。我在空中看到这里的时候就想来这里，知道那扇门会开，知道这里有一间屋子，知道这里有一片水井，似乎有什么东西在召唤我。"

"你在找什么吧？我来帮你。"樱铭庆幸雷傲仍然愿意和他说心里话，这是个好的迹象。

"不用。我本来也不知道要找什么。"雷傲把聚在他手上的光球升起来，照亮了一整片后院，新新旧旧的水井密密麻麻地覆盖了几乎整个院子。

樱铭被那密密麻麻的窟窿惊到了："这里就是我们一直在找的祭奠的地方。"

"那我们就下去吧。"

樱铭并不知道这座院子底下会别有洞天，但雷傲在他们那间简陋的房间里捣鼓了半天，搬开一块石砖之后竟真的露出了石头砌成的台阶。

那时大概是下午五点，一行四人没有犹豫地向下走去，樱铭仍在前面带头，天诺仍然殿后。天音的双眼很快适应了黑暗，但狭长的隧道里总有什么毛骨悚然的东西让她觉得背后一凉。

但他们终归还是到达了地底。

那里只有很古朴的一间石房，竖着数不尽数的排位。光线从天花板上投下来，是一束一束的淡蓝色的光芒。

"我们要不要分头来找，这里不像是很危险的样子。"

"也好。"樱铭点头同意。这样的地方大概已经不会再有机关陷阱，那个莫名的黑影在这里怕也不敢造次，毕竟如果是守陵人的话这里也算是他的先人安息的地方。

"天诺，你说这些人都是埋葬在其他地方吗？都只有牌位而已。"

"也许吧，毕竟那个年代应该还不流行火葬吧。他们进出的时间又需要经历这么久，恐怕很难保存尸体吧。"

"有道理。"天音跟着天诺逛到侧室。或许是紧张带来的错觉，在进入这间地窖的时候她就一直感觉背后有什么人在盯着自己，那种不寒而栗的直视。她想起樱铭说的那个黑影,她轻轻拽了拽天诺的衣角,等天诺微微弯下身,她才在天诺的耳边低语道:"有没有感觉我们背后有人。"

天诺没说什么,只是一手搂过天音,把她的后背紧紧贴在自己的胸膛上。他低下头,附在天音耳边轻轻地呢喃:"别转头,我知道。"

天音点点头,那道凌厉的视线尽管透过天诺的肩膀,但仍然可以让她浑身发抖。

天诺低下头,用他空闲的右手指了指自己的左臂,不知何时他已经把匕首藏在了那里。天音会意,也从零度空间里拿出了她的扇子。

天诺右脚向后撤了一步画过一道很短的弧线之后转到了天音的背后,左手在撤步的同一时间在空中抓住了一个透明的防护罩挡在身前。两个人的后背紧贴着,天诺的匕首已经完全露了出来,随时准备好出击。

但是什么都没有发生,他们过来时的那个入口还原封不动地待在那里,不要说有人,任何变化都没有发生。

那股注视的目光仿佛消失了,但天诺没敢放松,仍然把透明的防护盾举在面前,直到上面罩上了一层厚厚的水雾。他知道背后的天音和他同样的紧张,虽然她在他身后是更安全的位置,但是她经历着更多对未知的恐惧。

"好像不见了。"

"我们先去和哥会合吧。"

天诺和天音一步一步地挪到正室花了很长的时间，但这漫长的时间对天音来讲却似乎并不那么可怕。天诺的肩膀让她觉得很踏实，至少她知道自己可以靠在那里："天诺你知道吗，这要是在电视剧里，暗恋女主多年的男主绝对会在这个时候表白，然后和女主化险为夷。"

天诺没敢多想这句话背后意味着什么，他其实听得十分清楚。只是现在不是对的时候，他不敢分心去想其他事情，樱铭说的那个黑影着实让他在意："天音，那我们平安地从这里走出去，我有更多的话要和你说。"

"好。"天音笑，那是半个肯定，但没等她再多说些什么，就看到维持着同样姿势的樱铭和雷傲也在向他们移动。雷傲的十指间夹着他擅长的弹珠，而樱铭握着两把银色长剑，把它们在他胸前相交比出一个 X 形，是准备好要战斗的姿势。

看来他们遇到的情况都差不多。

"看到什么了吗？"天诺问。

"我们也感觉到了。"樱铭答："不过先撇开他们，雷傲和我倒是在正厅里发现了一个神奇的细节。我们看到的那斑驳的光点实际上是头上的一座座水井投下来的光影。或许并非只为了采光这样简单的理由，而是以此埋葬某位德高望重的祖先，或许还有陪葬品。那些水井里或许放的并不是水，不然这么多年早就蒸发枯竭了。"

"所以说你们觉得龙焰可能藏在那些水井里？但是有东西的话不应该会有阴影投下来吗，完全没有阴影啊。"不要说有什么奇怪的形状，就连那些水井里的水也都是晶莹剔透没有半点杂质。

"或许是以某种方式和水融到了一起吧。就譬如火化后烧成灰……"

"应该是更复杂的手法吧，比如零度空间。我们每个人的魂器都储藏在零度空间里，简单地讲其中的过程就是通过魂力把我们的魂器变成没有维度的存在，然后储藏进零度空间里。我们并不知道零度空间具体在哪里，但是我们只要用魂力召唤和我们同调过的魂器就会把他们复原成三维的样子。或许这些物品也都被零度化，并以这些特殊的液体为载体储存了下来。"

"所以说你觉得注入魂力或许是个办法？"

"值得一试。"

"我觉得并无不可，但……"天诺快速地瞟了一眼头顶的水井，并不是很确定是否要现在尝试，毕竟还有一个不知道是什么的东西很有可能还在附近窥探着他们的一举一动。

"离天黑还有一个小时。"雷傲看了看表，和樱铭说。

"打扰到您们休息，抱歉了。"樱铭放下手里的双剑，朝四面的牌位深深地鞠了一躬："雷傲，你随便挑一个我们先试一下吧。"

"不要动中间那个就好。"

"有原因吗？"天诺问。虽然仍然觉得有些不妥，但是既然樱铭决定要做，那就不用过于担心。

"直觉。"

"没问题。那就离入口最近的这个好了。"

"我无所谓。"

"我来防守。"樱铭说。虽然信任雷傲，但他早上刚险些中箭，很难对那个黑影不多加防备。对方在暗他们在明，这样的防守万一有疏忽后果不堪设想。他们三个人在注射魂力这件事上也都有经验，不会有大的问题。

"我们三个人足够了，开始吧。"天诺说着，收起了匕首，举起左臂率先把一道魂力打进井里。

天音和雷傲紧随其后。三个人紧张地盯着那井水，在

第20章 · 水井

三道光线的照射下,井里的水变得斑斓,但是并没有什么变化。

时间就这么僵持下去,天音的额头冒出一层细密的汗珠。她还没来得及好好练习魂力的控制,刚刚太急于求成导致用力过猛,整个大脑嗡的一声,眼前一片花白。但是她不好叫停,只能硬撑下去。

天诺似乎注意到天音的不适,叫所有人收了手。

"怎么样?"樱铭没有回头,注意力仍放在有进出口的地方。

"似乎是可行的。魂力没有穿透那些井水,而是被直接吸收了。"

"雷傲,你来防守。天诺我们俩再试一次。音,坐下休息吧,帮雷傲盯着点。"

天音点点头,她已经虚弱到没有精力去逞强。她靠着一堵墙坐下来,浑浑噩噩,其实视线没有集中在出口上,而是不自觉地移到了水晶上。

在时针、分针和秒针重合的那一刻,她看到那一井透明的井水在刹那间染上了淡淡的金色,璀璨的光芒让人错觉是否已经到了日落时分。

井水里仍然空空如也。天诺想询问樱铭还要不要继续的时候，他吐出的第一个字就被雷傲的钉鞋与石板地撞击的声音打断了。就在雷傲消失在楼梯上的同时，四面八方射来了一阵黑色的箭雨。

天诺来不及反应这其中的前因后果，就看到樱铭用双剑帮他挡下了直冲脑门飞来的箭头。樱铭一跃而起，想在空中寻找那个黑影，却什么都没看见。

那阵箭停下来，散落在他们身边大概有百八十支。

她逃走了。樱铭没有去追，因为找不到方向。

樱铭去查看天诺和天音的情况，天诺把他透明的盾牌护在天音身前，上边被箭头砸出了白色的裂痕。天音在他的保护下毫发未损，但似乎是晕了过去。安静充满了整个房间，樱铭无暇顾及雷傲的行踪，也无暇去查看那井水里是否有龙焰或又变成了什么样子。

天音苍白的嘴唇映在樱铭的脑海里，樱铭摸了一下天音的额头，是冰凉的。但天音的呼吸还很平稳，像是沉静在一场好梦里。他想起大祭司和他提过天音会自我保护式地昏迷。

樱铭又看了一眼天诺，天诺的大腿和胳膊都被箭雨伤到了，血流不止。

"天诺，我现在给你做紧急的包扎处理。你知道离开水底古城的方法的，出口已经打开了。请务必带着天音平安地回去，大祭司知道该怎么做，拜托你了。"樱铭双膝跪在被箭雨铺满的地面上，却感受不到箭头割破皮肤的痛楚。

"那你怎么办？还有龙焰怎么办？"

"我会把雷傲和黑影找出来，如果可能，会带着龙焰去见你们。"

"樱铭，你是天音最重要的人。答应我一件事情，在出口关闭之前无论如何都要出来。"

"我答应你。"樱铭重重地锤了天诺的肩膀一下，转过身轻轻地、长久地吻了一下天音的额头，仿佛那是他们最后一次离别。

第 21 章 · 爱谁

（一）

仿佛像是做了一场很长很长的梦，今天还是除夕夜，哥哥仍然只会出现在她的梦里。

天音想睁开眼，却发现自己无力睁开。

哥哥的身影仍然在床边，他低下头轻轻地亲了一下她的额头，那冰凉的嘴唇使她的眼眶温暖而湿润。

她听到太阳出来的声音，像是水里的泡泡被戳破。哥哥回眸的身影随着这微弱的声音化成了一片黑色的羽毛，飘落到窗外消失不见。

那双黑色的眸子里的忧伤比她见过的任何时候都要浓郁，像是夏天被太阳晒化的巧克力一般几乎就要溢出眼眶。

天音舍不得眨眼，但是那双黑色瞳孔的颜色却变得越来越浅，浅到瞳孔里倒映出自己的影子。透过那一圈晶莹的琥珀色，她看到自己已经不再躺在温暖的被窝里而是被幽静的蓝色包裹着。

就像以往做过的梦一样，她知道是他在抱着她，只是他们的周围不再是无止的雪山和红色的天空。

她看得比以往任何一次都要清楚，那奶咖色的头发，如玉般白皙的面颊，如同花瓣一样娇嫩的双唇，以及那如同糖浆般的双眸。

那双望向她的眸子里没有恐惧，只是如同哥哥一般浓郁的悲伤。

记得他说出去之后有话要和她说，忽然很想知道那是什么，是不是也和她所想的一样。她张开嘴，但只吐出一串泡泡。

他笑了，在冰冷的水里显得那么温暖。他的嘴一张一合，伴着从他上扬的嘴角里吐出的泡泡她听到了那三个字，那三个她等了很久很久的字。

尽管在泡泡的破碎声里那三个字显得那么模糊，但她听见了，她听见了，她听见了！

她想回答他，但是没等她说什么，他把她向上推了一把之后就松开手向下坠去。

像是燃烧的火柴被水浇灭一般，他奶咖色的头发飞起来，遮住他的眼睛。但他没有挣扎，只是平静地向下坠去，嘴角是满足的笑。

（二）

周围的钟声很有规律，一下，又一下，像是她的心跳。

混沌间感觉身体轻飘飘的，像是回到了妈妈的子宫，安全而又舒适，没有任何人能打扰到她。然而，记忆很快就耐不住这种空虚的安静，如泉水般涌了上来。

他们在水底古城时天诺和她说等做完任务有话要对她说，雷傲在守夜的时候一直在把玩他的弹珠无所事事，第一次见到哥哥的双剑。然后，就没有然后了。

那个黑影出现在入口处，她还没来得及反应箭就射了出来。

所以，她现在在哪里？还在水底古城吗？不知道天诺他们拿到龙焰没有？

梦里见到的那一双双眸子是那么真实，那几乎就要流淌出来的悲伤，到底发生了什么？还是说……

周围的钟声迎着天音的心跳慢了下来。天音心里咯噔一下反应过来那声音并不是她熟悉的钟声，更像是机械发出的冗长的嘀嗒声。

会是这样吗？难道刚刚的梦是真的？但是，周围的光亮又是什么？那微弱的白光，是那么的刺眼。

现在是什么时候，她又在哪里？

很遥远的地方传来熟悉的有些颤抖的声音："天音"。

然而天音什么也看不见，她只看见周围一片无尽的白色，但那并不是她梦到的那种白。天音试图睁开眼，只看得见一片白色。

那个声音激动起来："天音？"

天音张张嘴，声带发出的声音很轻也很沙哑，想说点什么，却又不知道该说什么好。

"是我，天音你能听到我说话吗？"那确确实实是幽光的声音，里面掺杂着她没听过的颤抖。

天音点点头又摇摇头，太模糊了，她都不知道这到底是不是又是一个梦。

"总之你能醒过来就足够了。"

醒过来？那似乎是个不错的办法。天音对自己说，要醒过来，她有太多事情想问。但她还是无可避免地睡了过去。

在这一觉之后,她才感觉略微清醒了一点。她睁开眼,终于看清了自己的四周。发现自己躺在一间纯白色的房间里,除了左右两侧的玻璃,剩下的地方除了纯净的白色什么都没有。

像是在宇宙里一样,没有上和下,左和右,上便是下,正便是反。

幽光不在房间里,天音自己坐不起来。从两边的玻璃窗望出去,像是看到了两面对立而放的镜子,两边甚至无限远的地方的房间也和她的长得差不多。她坐不起来,什么也看不见,等了很久幽光却始终没有出现,天音昏昏沉沉地又睡了过去。

这一次她睡得很浅,没有做梦,甚至听到了开门的声音。

天音睁开眼,看到是幽光的时候已经肿起的眼睛不争气地又湿了。

（三）

幽光开心地给了天音一个大大的拥抱，她的脸贴在天音的脸上，也是湿的。

"我这是在哪？"天音问。

"你有的是时间，我慢慢讲给你听。"

幽光说是天诺带着她从水底古城里出来的。天诺受的伤其实更重，但抢救及时现在也没什么大碍。天音在那天第一次了解到自己的病情，准确来讲，是天赋。她的身体会在遇到极端危险的情况下自动进入休眠的状态，在这种状态下她的伤口恢复得特别快，但根据情况的不同，她的身体也可能因为过久的休眠而真的无法恢复。

"那，哥哥在哪里？雷傲在哪里？"

幽光抿住嘴唇，把头别到了一边，对于她，对于天音这都是难以接受的事实："他们还没出来，浮尘在出口那里等着他们。"

但并不是没有希望，至少，还有那么一丝的可能。天音闭上眼不去想梦里哥哥那最后的回眸，她要忘掉它，回眸的预言不会成真："过去几天了？"

"五个星期。但水底古城和银格的时间轴不一样，水底古城里的一天相当于银格的七天。所以说，其实，还有十天的时间，你是知道樱铭的，如果任务没完成一定会留到最后一秒。"

"我，想见见天诺。"天音说。除了幽光，她还需要一个人，需要一个让她温暖而踏实的人。

"他在对面，应该睡着了，你站起来没问题吗？"

在看到天音那摇摇晃晃几乎就要摔倒的样子后，幽光向护士要了轮椅，推着天音走进了对面的门。

天诺躺在那里，双眼轻轻地合着，盖住了他琥珀色的瞳孔。他薄薄的唇没有一点血色，但皮肤还是白皙得没有一点瑕疵。他真的像一个天使，也像天使那样宁静。

天音踉跄地从轮椅上跑过去，跪在天诺旁边。这个平常话多到恨不得想要把抹布塞在他嘴里的家伙如此平静地躺着，没有了往日里的能言善辩，也没了那些油嘴滑舌和甜言蜜语，安静得让她不习惯。

但是这样的安静也很好，只要能见到他，就很好。

天音趴在天诺的胸膛上哭起来，他平静的面容让她想起梦里那模糊的三个字以及她来不及给出的答案。

她说："天诺，我爱你，永永远远地爱你。从你请了整整一周的假只为了来照顾生病的我的时候起；从你在雨天里宁可自己淋雨也要把伞留给只用两分钟就能走回宿舍的我的时候起；从你每天训练完之后都一定会把我送到宿舍楼底的时候起；甚至，从我第一眼见到你的时候起。我一直以为我们是兄弟，但是我做了一个梦，发现我离不开你。我知道你加入暗夜骑士有一半原因是因为我，所以我还想和你分享同样的快乐。我……"

天诺没有回答，但不知道是不是错觉，天音在天诺那平静的脸上看到了一分抑制不住的笑意。

"你，我给你三个数起来，不然，不然我就走了。三，二，一。"

天诺没有说话，只是轻轻钩住了天音的手指。

他睁开眼，那双琥珀色的眼睛亦如往常一样晶莹。他温柔地笑着说："天音，你说的我都听到了。我爱你，能不能不要走？不只是现在，永远都不要走？"

第22章·离开

(一)

雷傲在樱铭送走了天诺和天音之后就回来了。

"看到什么了吗?你去追那个黑影了吧?"樱铭把他的左手背在身后,紧紧地握着那对银色的碎片。

"我冲出去的时候她就消失了。"雷傲背对着樱铭,不想让他看到他现在的神情。

"天音晕过去了,天诺受了重伤,我让他们两个先回去了。"

"无所谓。你呢?"

"嗯?"

"没受伤吧?"

"不会。"

雷傲点点头，看了眼樱铭膝盖上血液渗出来的痕迹，没再多问什么。"那那池井水呢？"

"当时的偷袭太急我没来得及看，但现在已经成了一池清澈的井水。"

"哦。"

"这是我们的第三个晚上，我们还有四天的时间，如果到了第七个晚上我们还没找到龙焰，我们就放弃。"

"我都行。"

那一夜樱铭守前半夜，雷傲守后半夜。在确定雷傲睡着之后，樱铭把他手里那对银色的碎片拿了出来，趁着篝火试图用魂力把它们拼起来。那是天音的徽章，可能是被乱箭射碎了。樱铭偷偷地把自己的换给了她，因为那徽章相比起准入证，更是他们离开的通行证。

樱铭掂了掂手中的徽章，看起来和原来并没有区别，但是他知道中间似乎是还差了什么。到时候只能看运气了，实在不行用风诀还可以勉强游回水面。不过，无论什么情况，最保险的还是要给雷傲留下接下来需要走的步骤的纸条。

写完纸条，离换班还有很长一段时间，樱铭站起身。

水底古城的夜里没有月亮，周围一片漆黑，只有他们点燃的一小簇篝火。

夜里略凉，樱铭望向雷傲，他睡得并不深，眉头微微地皱在一起，匕首般的眉毛仍然俊挺。

樱铭笑了笑，和雷傲在一起这么久，仍然会恍惚地把他当成霍城。他们的五官有时候是重合的，和雷傲在一起，他就总觉得霍城还在，他们还在一起战斗。

但就像他和天音说的那样，他们不一样啊。

雷傲翻过身，呢喃道："伊奕……不要走……"

许久后，他睁开眼醒过来。他和樱铭说："睡不着了，陪我聊会儿天吧。"

火光下雷傲看着他中指上的那枚戒指，黑色的戒指上有一颗很小的钻石，他说："樱铭，你说水底古城真的有守护者吗？"

"是那个黑影吧。"

雷傲皱了下眉头，似乎并不苟同："所以不是我的错觉？"

"不是，我不止一次看到过。"

"真的吗？"

"嗯。"

（二）

两个星期前，幽光和浮尘进到天音刚搬进银格时住的宿舍楼里。那栋楼在天音的那场事故之后不久就被封了，他们大概是这么长时间以来第一次溜进来的人。

他们必然不是为了怀旧，只是因为水底古城的出口在这宿舍楼底，他们不放心想要来接应。因为不确定他们到底什么时候出来，加上时间轴的差异使他们等待的过程变得更为漫长，他们在天音原先的房间里安营扎寨。

幽光在建筑底部的水里和几层台阶上都设了灯光和摄像头，从雪域回来以后幽光就爱上了这种监测的方法，说什么也不愿意每天花费几个小时在那个被滑梯事故砸坏的楼梯上上下了。

环形的宿舍楼中间的滑梯仍然分成段停在空中，泛着淡蓝色的光芒。但因为没有人再使用他们，他们仿佛也被时空静止了一般，只是悬挂在空中像一个巨型的雕塑。

楼梯顺着墙壁环绕着向下，建筑本来并不高，但从最顶上向下看却深不见底。最底下的水泛着淡淡的蓝光，和滑梯的蓝色那么的相似。

两个人是轮流看守着显示器的,当那一池蓝色的水被火光照成明亮的橙色的时候两个人正巧在换班。两个人同时在显示器里看见一条浑身明亮的龙从水里蹿出来,背上驮着天诺和天音。

它把天音和天诺送到天音门口的台阶上后就消失在画面里了。

浮尘把两个人送到医院,幽光继续在出口等樱铭和雷傲。

天音一昏就是将近两个星期。天诺在把伤口的血止住之后很快就醒了过来,虽然医生说还需要一段时间康复,但天诺还是在第一时间花了三个小时断断续续地把水底古城里发生的所有事情都告诉了浮尘。

在那之后,浮尘代替了幽光的位置,幽光每天奔波于学校和医院。

两周之后,天音醒了。又过了一周,天诺的伤也痊愈了,水底却仍然没有一点动静。

他们再也沉不住气只坐在显示器前等待,开始每天走很长的楼梯亲自去水下查看。从最开始一天一次,到一天两次,到最后他们恨不得就住在潮湿的地底,生怕错过他们。

（三）

樱铭是在七周时限的倒数第五十二分钟出来的。他并没有想到他会这么轻松地从水底古城出来，甚至可以说他很确定他原本是出不来的。他出来之后就看到浮尘在岸边。

浮尘把他拉上岸，让他直接上楼去天音原先的宿舍，浮尘在后面等着雷傲。

因为是浮尘，樱铭便颇为放心地离开了。

天音笑着抱住他，问他有没有受伤，问他后来发生了什么。那一刻樱铭忽然意识到天音长大了。这个想法让他有一点点失落，但这样一来便没有什么放心不下的了。

过去的四天里他和雷傲每天几乎只休息三个小时，用同样的方法试了几乎每一口井，见到很多稀奇古怪的陪葬品，却没有见到他们寻找的龙焰。

现在他紧张的弦总算松了下来，天音的声音变得越来越模糊，他沉沉地睡了过去。那是他这么多年来最深的一觉，深沉到他就算听到了周围的人的声音也没有起来。

樱铭醒过来之后并没有忙着睁眼，除了没有拿到龙焰，他自始至终很在意的还有一件事。虽然说水底古城的开启时间并不固定，而下一次开启也是一年之后的事情，但是无论怎么看，短时间内都不会有人需要龙焰。大祭司不用，天诺不用，雷傲更不用。如果说有一个人能拥有龙焰，那多半会是天诺，但是他确定以天诺现在的水平不仅控制不好龙焰，同调的话还有很大被反噬的危险。大祭司必然是知道这一点，却还是让他们在没有准备充分的情况下执行了任务。

他当年进行了将近半年的训练之后才第一次单独执行任务，而且大祭司还让田在暗地里保护，确保他没有危险。这一次虽然没有出现什么危险，但显然不可控的风险很大。打没准备的仗并不是大祭司的风格，樱铭因此有一种预感，几乎可以肯定地说是一种不好的预感，这一切仓促而行的背后一定有什么他不知道的巨大的秘密。

樱铭睁开眼，看到只有天音还在房间里。

她的眼睛是肿的，似乎是生性乐观的她这么多年来第一次哭得这么惨。

樱铭帮她找来一床被子盖上，顺手把她身旁的水系徽章移动到其他地方。

就这样，樱铭不经意地摸到了藏在徽章背后的纸条。他是没有看别人隐私的习惯的，就算是妹妹也一样，所以他把纸条又塞回了徽章背后。也就是这样，他不经意地瞟到了雷傲的落款。犹豫了一下，樱铭还是好奇地又抽出了那折好的纸条，上面歪曲的字是雷傲的无疑。

第 23 章·遗书

我曾为了一个女孩选择篮球,为了一个女孩选择等待,为了一个女孩选择出国,为了一个女孩选择银格。而来到银格之后,我就忘了这个女孩。

樱铭,谢谢你从那场大火中把我救了出来,那大概是我进入水底古城前最后一次记起她的名字。谢谢你让我想起她的名字——伊奕,我这生最爱的女孩。

樱铭,谢谢你。我很少说谢谢,但是一次,我想很真诚地说一次。这么久以来你一直都像我的兄长一样,带我去废墟里找戒指,帮我逃训时打掩护,甚至在夜里偷偷弄来啤酒。说实在的,你干这些事情挺在行的,让我一度怀疑你优秀生的样子是不是装出来的。

这么多年来你是"唯二"真正关心我的人。另一个人就是我和你说的某些举止和你很像的我混社会时的大哥。

我当时只记得他叫十九，但我这两天想起来了，他真名叫霍城。

你写给我的纸条我大概永远都用不到了，但我会好好留着当成纪念的。记得我和你说水底古城像家一样吗？我没骗你。我的人生已经糟蹋成这个样子了，我不想回到银格了，水底古城才是我的归宿。

所以我把我的徽章和天音那碎了的徽章对调一下也只是正好而已。

你是我见过最完美的人，身高、长相、才华、智慧、家庭、运气、努力、勇气、善良，你什么都不缺。如果有机会重来，多希望可以成为你这样的人。

下辈子吧。

所以请不要马虎，开心地活下去，就当带上我的份，让我也尝一尝当人生赢家是什么样的滋味。

对了，你一直在找的那个黑影我看见了，我会留在这里继续寻找那个黑影的。她穿着白裙子，中指上戴着镶着钻石的细细的银色戒指。对，就是我们在废墟里死活找不到的我的对戒的另外一只。

这或许就是我的命运，从遇到那个女孩开始。你知道，我的生命里不能没有她，我要找到她。

我预感到这里就是我生命结束的地方,所以原谅我为了一个女孩而留下这个自私的选择。

但就算你不原谅我,甚至怨恨我,我也不怕的,我本来就一文不值。

樱铭,这一生认识你,我知足了。

雷傲

第 24 章·失踪

茶凉了,放在桌上谁也没有动。一个月过去了,除了那枚徽章和那张歪歪扭扭地被写上字的褶皱的纸,一切仍然原封不动地躺在那里。

那天浮尘和幽光在把樱铭送到天音的寝室之后在水边等了很久都不见雷傲的踪影,直到过了时限,那蓝幽幽的水仍然平静得没有波纹。

那张纸条是天音在樱铭湿漉漉的外套里发现的,读完那潦草的字迹之后,幽光和浮尘竟一时不知道该如何反应。他们没有下到过水底古城,先不说要不要去救雷傲,光是躺在他们身边的樱铭他们就已束手无策。

他们都太清楚樱铭的重情重义,也了解樱铭会习惯性地承担起所有的责任,甚至会掩盖住自己流着血的伤口反过来安慰他们——他是天塌下来会独自一个人顶起的巨人。

认识这个在理智下埋藏着一腔热血的男儿越久,他们反而越不知道该如何安慰他。以樱铭的理智他们不害怕樱铭会做出什么冲动的事,但就是因为如此他们才更担心;他们会心疼那倔强地不想让周围的人担心而假装没事的樱铭。如果他愿意用愤怒发泄出来,他们或许会好受一点。就算他再坚强,也总会有崩溃撑不住的那一天。作为朋友,他们不期望这天的到来。

幽光让天音把这两样东西先藏好,她会去找大祭司看他有什么建议。浮尘也说他会和天诺在出口那里再多等一等,也许雷傲会回心转意。

祭司说:"把纸条给他,让他自己去决定吧,我们帮不了什么。"

所以那一天,天音是装睡的,而幽光和浮尘则是不放心地躲在隔壁的房间里。

他们亲眼看见樱铭在读完那封信后留下的眼泪,空出来的那只手攥成一个紧紧的拳头,手指甲被他捏得镶进肉里。但他没哭出声,只是平静地打开了安全通道的门。

那之后的事情是他们通过幽光安的摄像头看到的。樱

第24章·失踪

铭径直撞开了他们隔壁房间的门。空旷的房间里只剩下没有被银格收走的一张木质的桌子。樱铭一脚把放在屋子中央的桌子踢到墙上,他追过去,一掌劈碎了那桌子。

在那之后,樱铭静了下来,但之后发生了什么他们无从得知,只知道那天之后,樱铭就消失了。

亦如多年前樱铭失踪一样,他没留下半点音讯,只是咻的一声就从这世上蒸发了。

就像是经不住负重的大桥在上一秒还在正常地运行,下一秒某个裂痕就被放大而崩塌了。当那个时时担心着他人的樱铭当久了,他就会像那大桥一样崩塌。他需要休息,他也需要别人的照顾,他也想要有个人可以依靠。

他会变成一个完全相反的樱铭,他会变得脆弱,变得敏感,变得自卑;他会不在意自己的仪表,不愿意种花画画;他不会早起,不会练功……他会成为他从来不是的那个樱铭。仿佛在那几天里把他会像刷信用卡一样把接下来所有的他不会允许自己犯的脾气、偷的懒都透支了。等玩够了疯够了,他就会静下来,然后又回归那个大家都熟悉的,他也习惯的樱铭的样子。

就像是一座大桥在修复后会变得更加坚固,归来时的樱铭会更加强大。

大祭司告诉浮尘，他把霍城的地址给了樱铭，樱铭是去西雅图找他了。在某种层面上大祭司更像是樱铭的慈父和长兄而不是上司。如果大祭司在全世界只能信任一个人，那这个人恐怕只会是樱铭。他知道他没有什么事情不能交给樱铭，没有什么秘密不能告诉樱铭，但因此他才会更心疼樱铭。

霍城是他能想到唯一能让樱铭好起来的人，就算他们的相见会让他曾经的手腕曝光，他也觉得值得。

"那雷傲……"浮尘小心翼翼地问道。

"如果这是他的选择，我会尊重。"

浮尘难以掩盖住他的惊讶，印象里的大祭司并不是这样的人。他是个有执行力的天才，他的判断总是对的，他会用一切手段达到他的目的，尊重对方的选择在以大局为重面前对大祭司来讲似乎并不值得一提。

"过去或许是我太急于求成了。"大祭司苦笑。

大祭司是银格历史上最年轻的祭司，铁腕、不择手段、高高在上都是浮尘在刚刚加入暗夜时用在大祭司身上的词语。只是随着时间一点点流逝，大祭司似乎变得比原来亲切了一点，有人情味了一点。他知道这一切不是因为他们变得熟悉，而是因为樱铭在某种程度上真切地在影响着大祭司。

"世事浮华，最终不过归为一粒灰尘，这是你名字的由来吧。千百年后或许没有人会记得银格，记得这存在了千年的空间。但最重要的是我们做过些什么，又带来了怎样的影响。"大祭司喝了一口茶，花了很久才把茶咽下去，似乎是在为自己多争取几秒钟准备的时间："浮尘，在这个寒假过后银格就要关门了。"

雪域的风暴、暗夜人数的激增、天诺他们仓促的任务……浮尘猜到过银格或许面临着某种挑战，但他没有猜到，会是这样的结局。如果只是简单地散伙，大家可以吃一顿饭好聚好散。他们这所有的努力，都预示着大祭司不甘于这样的结局。

"您是指暂时关门吧。"

"记得一年半前天音和幽光的事故吧？那幢宿舍里的冰梯是靠着水底古城的魂力运行的，而水底古城是整个银格里除了雪域外最坚固的空间。那一次我就开始怀疑，是不是有什么出了问题。但当时我们的重心都放在天音奇异的体质上，而我也一直没能找到确切的原因。可我放心不下，就亲自去水底古城看了一眼。那里的结界裂开了，只是结界之外不是湖水，而是宇宙的边缘。那是我第一次发现水底古城是我们这个空间里独立存在的空间。我把那个裂缝填了起来，却知道似乎有更多的事情即将发生。所以我让你和我去找雷傲。在那之后，那只异瞳狮子的苏醒更是一个不好的预兆。雪域是我们整个银格的核心，雪域的异动就是某种警报。微小的变化会从那里出现，然后扩张到整个银格。那一次，我们之所以能从那完全不是出口的地方出来就是因为它的结界上出现了裂痕。

"银格本身就是我们的先辈几千年前在混沌的宇宙中开辟出来的一个时空。就像再结实的宫殿也会倒塌一样，裂痕在几百年前就已经存在了。只是那时候的裂痕很小，无关紧要，自然也不会有人发现，更何况那并非是一道真正看得见的裂痕，我们知道它的存在也仅仅是通过它引起的连锁反应。若是几百年前或许我们可以用魂力进行修补，但是经历了几百年的时光，裂痕逐渐变大，一个变成两个，两个变成四个。当我们终于感觉到出现异样的时候，整个空间已经千疮百孔了。裂痕发展的速度已经快到我们无暇应对的地步了。我们恐怕没有办法保住这个地方了，我们现在能做的，也就只有尽可能地减少损失了。

"浮尘,你是暗夜骑士,在三年前我或许会因此发号施令让你留下来协助。但是我发现我没有这样的权利,可是我是很真诚地需要你的帮助。"

"从何说起呢?"浮尘问。

"瞳。你先前在雪域里见到的那只纯白的狮子叫瞳,是远古的神兽,有不老之身。在主人死后会进入冬眠的状态,然后在很长的睡梦里忘记自己的过去。瞳是火骑士和水骑士共同养大的,并由火骑士把他带到了银格,而它在先辈去世后就一直长眠于雪域的山洞里。我怀疑,甚至说是十分肯定瞳在某种程度上对你有好感,或者说你们很有缘分。你和我表达过你很喜欢瞳,像是某种一见钟情。我也认为它会是你很好的魂兽,不希望你们错过。

"银格的毁灭不是某个瞬间,而是一点点地变得支离破碎。有的部分或许会因为失去保护而被宇宙吞噬,有的则会像碎片一样继续漂流在时空里。无论是回地球也好,留在第二世界也罢,我都希望你能带上瞳。把他留在宇宙里太浪费了,对一个生命来讲,或许也太不人道了。所以我希望你留下来,直到最后再撤离。"

"这听起来并不像什么难事。"

"银格在哪一天会崩塌我也算不准。但就像人类死亡并不是毫无征兆的一样，银格的毁灭也是一点点的。在这里待得越久代表选择的权利越少。通往第一世界和地球的通道现在都还是完好无损的，但是谁能说下一秒它们就不会损坏。现在你在三个世界中间都有选择的权力，但谁知道留到最后，是哪条路先断呢？"

"在您的最后撤离的名单里，还有其他人吗？"对于去哪浮尘心里似乎并没有一个确定的答案，他在哪边都好。回地球有家人陪伴，第一世界有他期待已久的机会。他在银格里这么努力，似乎就是因为对第一世界的憧憬，但同时他也知道他在银格的时光没有白费，回到地球他做什么也都能像开了外挂一样。所以相比较去哪里，失去选择的权力的可怕之处似乎是失去了和谁在一起的可能。

想到这，浮尘的脑海里浮现的是那个天天都见，却从未厌倦，甚至一天比一天更深刻的面孔。她很漂亮，没有人会否认，虽然漂亮的姑娘千千万，比她漂亮的未见得没有，但他爱她因为他知道这个世界上不会有第二个幽光。或许会有人比她更聪明，比她更了解他，比她更貌美，比她更意气风发，但不会有一个人能像幽光一样和他共同进出雪域，和他生死与共。不管幽光完不完美，她都是无可替代的，也是他生命中最重要的一部分。

一部分……

记得很久以前幽光说,他们会是彼此最重要的一部分,却永远不会是对方的全部。他们都很清楚,就算他们现在是对方的唯一,但万一他们分开了,他们的日子还是要照过,也许会出现新的可以依靠、可以亲近的人。但他们知道,对方的位置是无法被取代的。就像世界上没有两片同样的树叶,世界上也不存在两段同样的爱情、同样的人。就算知道或许外面还有更好的,但是他们知道,有彼此就够了,他们不会奢求更多。

"你是想问幽光吗?她还不知道这些事情,但是我们上一次出入雪域足以证明她会成为一名优秀的暗夜骑士。她有权利知道银格的灭亡。"

第25章·霍城

（一）

霍城一直说樱铭就像他的家人，像那个会帮他善后的哥哥，也像那个想要依靠他的弟弟。

当霍城回到他的厂房，看到樱铭坐在水泥地上等他，双眸通红而无助的时候，霍城的心一下子就软了。

樱铭难过，他陪樱铭喝酒；樱铭无聊，他开车带他去海边吹风；樱铭无处发泄，他亲自和樱铭对打；樱铭躺在地上睡着，他把樱铭抱上床自己睡沙发。在霍城面前樱铭可以像个小孩子一样，可以不用完美不用强大，不需要掩饰，因为他知道霍城不会背叛他，不会嫌弃他。

霍城是太阳，露出的锋芒只为温暖樱铭的心；樱铭是月亮，温柔似水，但是那温柔的光芒只因为霍城这个太阳的存在而存在。如果没有霍城，或许就不会有现在的樱铭。

他们是一体的。

有一本书说"陪伴是最长情的告白"，樱铭不着急说到底发生了什么，霍城就耐心地等，只是陪樱铭扯扯闲篇，说些无关紧要的话。他知道樱铭会说，只是他需要放松下来，他那根神经被绷得太紧了。

"城，你认识雷傲吧。"

"他在银格和你搭档应该给你惹了不少麻烦吧？"霍城笑，也不知道那小子有没有被田整得很惨。

"嗯……他在银格的时候经历了一场火灾，但他人没受伤，只是，那场火灾对他改变似乎蛮大的。在那之后有关他女朋友的事情都忘得一干二净。"

"哈，那小子可是个不折不扣的情种。"

"谁说不是呢？"樱铭笑，很怀念那个小无赖的身影："你知道水底古城吗？我们去那里出任务，雷傲在任务结束后留在了水底古城里。"

"去他妈的！"

"城……别这样。我很自责这件事情……"

"你自责什么？"

"城，你听我说……"

"我他妈不要听，你也别想把责任往自己身上揽。"霍城愤怒地把手里的啤酒瓶摔到地上，金黄色的液体伴着白色的泡沫顺着破碎的玻璃片扩散开来。

樱铭没再说话，他知道霍城这么说是因为生气雷傲对自己生命的毫不负责，但同时又顾及他的感受。这个炸弹或许对他冲击太强了。

"抱歉，我失态了。"

"没……城，谢谢你。这几天有你陪我其实已经好很多了。我，这几天本不应该在这里的。银格要毁灭了，我只有一半的机会能回地球……"樱铭的手指沿着杯口转了一圈又一圈，不敢抬头看霍城的表情，他没法想象再也见不到霍城是什么样子："我想请你和我一块回银格，我们无论如何，都不要再分开了，好不好。"

霍城知道他不会舍得和樱铭分离，但事实是他已经如同一个武功全失的废人，他的魂力不足以支持他回到银格。

樱铭一如既往地安静地陪在他身边，但这一次，他还是会害怕，会紧张。有一种预感告诉他，他正在失去樱铭。樱铭再也回不来了。

霍城知道如果他开口，樱铭其实可以放下一切留下来陪他，只是他知道他必须要放手，他没有权利叫樱铭留下来。

他只想在樱铭不得不离开之前记住他们在一起的最后的每一秒，安安静静地。

他不知道过了多久，樱铭说："我走了，如果有机会我一定会回来。"

霍城说，等一下。

樱铭转过身，霍城一拳打在樱铭的左肩上，那是他毕生最用力的一拳。

樱铭肩部吃痛地向后撤了一步，但是却发自内心地笑了。这是他这么多年来，第一次笑得这么灿烂，这么无忧无虑。

霍城说："记得回来还上这一拳。"

（二）

樱铭在机场降落，整个银格已经变了个样子。一排排的飞机整齐地排列在银格并不大的机场上。他回来的飞机上除了他没有别人。

他知道大祭司宣布了银格停校整修的消息，他也知道学生会一批一批地离开，然后是教授和居民……再之后是他们打包好的物品……

当大部分人离开后，他们会把已经破碎的地方切除，尽量地留下一个完整的世界的支架。在大祭司的判断里，银格损毁的速度尽管比他们想象中要快，但却不是不可挽回。

走在逆流的人群里，樱铭问自己为什么会回到银格，说实话，他讲不出。他最初只是喜欢魂术而已，他不过是想把黑衣人这个工作做好，不过是想尽职尽责地当好暗夜骑士。他不怕死吗？他不能免俗地也会害怕。他贪图黑衣人那不错的薪资吗？讲实话他要是想的话做律师做医生做商人做建筑师会赚得更多一点。樱铭也不知道为什么，难道真的只是一腔热血吗？

樱铭不知道这个问题的答案，和霍城分开了这么久，他破碎的心仍然在淌血。

霍城一直是他消沉时的避风港，离开的时候他有一种预感，虽然他们都笑得发自肺腑，但是他们都预感到他们不会再见了。这种想法很奇怪，但是樱铭不可抑制地这么想。

第25章·霍城

在他离开工厂的那九十八步路里，去机场的那五十四分钟里，他不止一次地停下来，不止一次地想要回去抱住霍城。

但是他回来了，或许是为了妹妹，或许是因为责任。他不知道为什么，但是他回来了。

樱铭想再回一次水底古城，虽然知道那是雷傲的选择，但是樱铭的心里总是过意不去。

大祭司这次拦住了他，没有再允许樱铭顺着他的心情。

于是时间似乎又回到了过去，他们还是会像原来一样每天去训练场训练，只是再也不是三点一线的学校、训练场和宿舍了。现在他们每天都围着训练场在转。因为停学早就没有课上了的他们搬进了樱铭的宿舍。五个人第一次生活在同一间屋檐下，为了同一件事情——雪域里的瞳。

大祭司的切割工作进行得很顺利，尽管他每天都忙得脚不着地，就连樱铭也无法找到他。但总归，破裂没有蔓延，大部分的银格都还是完好无损的样子。

尽管没能回到水底古城的水底，但是在一天夜里，樱铭还是偷偷跑到了湖边，那里是他们进入古城的入口，樱铭仍依稀记得那时雷傲眼里对一切不屑一顾的眼神，或许，在水底对他是件好事，至少，他记得他最后一次见到雷傲的时候，雷傲是开心的。

　　樱铭望向水底，或许是幻觉，他看到了星星点点的亮光。

第 26 章·事故

（一）

银格就要毁灭了，听起来就和世界末日一般遥远。记得 2012 年的时候半信半疑地迎来所谓的世界末日，但那一天什么也没发生，天音还是要照样背着书包去赶公交车，然后在太阳升起前到学校完成冬季长跑。

所以第一次听到毁灭这个词天音似乎并不能意识到这背后的严重性，仿佛只是个不太好笑的笑话。但随着银格一天天变空，她意识到，这并不是个笑话，而是一个真真切切地正在向自己逼近的事实。

世界末日到底会是什么样的？天音想起了她常常做的那个梦，那燃烧的天空难道就是世界末日的场景吗？

雨从屋檐上淌下来，打湿门前的灯笼，盘旋着把红

第1923次日落

色的落叶粘在石板道上。古街尽头的小酒馆里却干燥而温暖。店家点了一盆很旺的炭火放在幽光他们的桌子旁边,然后自己则静静地坐到了柜台的背后。

已经是初春了,这里还是那条古街,天音和天诺第一次相遇的地方。不过两年的时间,这条古街却再也不是从前的样子。

越来越多的飞机以越来越频繁的频次开始降落在银格的机场里。每天都有飞机起飞降落,带来零星的几个人,然后装满乘客和行李,离开银格。银格就这样被慢慢搬空了,他们每天一睁眼都会发现身边又少了点什么。

最开始每天都能看到街上拉着行李箱的人,有的是陌生人,有的是同学,还有的是朋友。但两天前拉开窗帘,街上已经一个人也没有了,大家似乎都走光了。除了银格那小得可怜的机场,银格再也没了原来的热闹。

就连他们常来的这条古街也变了。过去的夏天一直阴雨不断,青色的石板路上因为潮湿长出了苔藓。一个冬天过去了,他们还茁壮地生长着。他们已经很久没有来过这里了,要不是天音坚持,他们大概想不到这间小酒馆还在营业。他们烤着火,桌上的酒谁也没动。

是天音吆喝着一定要出来庆祝一下的,就算不喝酒也

第26章·事故

好。庆祝的理由几乎没什么意外的是他们胸口的那枚徽章。

樱铭说得没错,暗夜骑士的徽章很好看,但他们还是用衣领把它微微遮住了。

已经没有关系了,所有人在明天之后就应该都撤离了,但他们都心照不宣地这么做了。

老板时不时地走到后厨,端几碟菜上来,他们不着急,老板也不着急。老板说,他们是这家店最后的一批客人,等他们吃完了,他第二天就要乘飞机走了。

"你打开过那个盒子吗?"浮尘指的是他在钻进雪域的风暴前留给幽光的那个小盒子。

"我其实猜到里面是什么了,但一直没敢打开,因为觉得留一个谜底在就总会回来把它打开。"

"那你愿意再给我一个机会吗?"浮尘问。

"为何不呢。"幽光把盒子还给浮尘,她的眼里已经有某种晶莹的东西开始闪耀。

"幽光,嫁给我吧。我怕再等就来不及了。幽光,我爱你。"

幽光让浮尘把那枚戒指戴在她的中指上,她知道他们或许没有机会回到地球像一对正常的夫妻一样去领个证,甚至可能没有办法邀请所有亲朋好友来参加他们的喜宴，见证他们的喜悦。有一本书叫《生命中不可承受之轻》，男女主角在一起是因为八个不可能发生的巧合。而她和浮尘走到现在，耗费了远不止八个不可能的巧合，但就是这样，他们仍然在一起。

这就足够了，哪怕明天就是世界末日。

（二）

第二天训练的空当，天诺问天音："最后一般飞机走了，音，你不会害怕吗？"

"我会和你在一起啊。"不是我想和你在一起，而是，我会，我知道会的，就算，我会因此粉身碎骨。

"你啊，"天诺止住了自己的嘴，没正经地开玩笑道："那说好了啊，毕竟，和你表白真是太不容易了，连生命都要搭进去。"

天音跟着笑："你是后悔了吗？"

"怎么会，我就算再把命搭进去十回，也不后悔。"

"很感人嘛。"

"真心话。"

天音脸红地笑，亲了下天诺的脸颊。

天诺也笑了，闭上眼叼起天音的唇，一道耀眼的金色的光芒却反而射进天诺的眼里。他微微睁开眼，太阳不应该在这个方向。

他转过头，太阳还挂在他背后的老位置上。光芒的来源不是太阳。

像是有人合上了潘多拉魔盒的盖子，那道光芒很快就消失了，只留下天空原来的蓝色，半点痕迹都没有，就像不曾出现过。

"是飞机！"一声巨响遮住了天音的声音，没等她来得及用手捂住耳朵，隆隆的爆炸声就消失了，只剩下耳边继续嗡嗡地回响着的刚刚爆炸的声音。在嗡嗡声里，整个银格一片平静，似乎连身边的时间也静止了，一切看起来都像是慢动作回放。

天音看到樱铭和大祭司从办公室里跑出来，田紧跟在他们之后……而天诺抱紧了她。

那一刻，天音竟然没感到害怕，她曾和天诺开玩笑地说："请一定要在我之后死，帮我收尸。"

记得天诺说："我才不要呢。说什么傻话。不过要是你真的有危险，我拼了命也会救你的。"

天音笑起来,虽然只是句玩笑话,但是她对此深信不疑。

飞机在进入时空隧道的时候撞到了隧道,飞机怎么样了未曾可知,但是这件事却成了压死骆驼的最后一根稻草无疑。

天空中裂开了一道黑色的裂痕,从那道光线,也就是与地球连接的时空入口处延伸开来。那道裂痕像怪物一样吞噬了周围所有的光线。

在所有人反应过来之前,大祭司启动了停在远处草坪上的飞机,螺旋桨搅起四周的空气,周围的草跟着疯狂地摆动着。天诺反应过来抱着天音跳上飞机,樱铭也坐到了副驾驶座上。

三分钟的时间虽然不允许他们分辨清到底发生了什么,但他们本能地知道灾难要降临了。大祭司对樱铭说:"我们现在就去雪域,雪域有连通第一世界的通道。幽光和浮尘已经在里面了。"

"音怎么办?"樱铭问。飞机的事故是他们远没有预想到的,而这场事故触发的时空震荡应该就是天音自我保护性的休眠开启的原因。只是她的这种休眠的时间只会一次比一次更长，从第一次的三天到上一次的两个星期，谁知道这一次还要多久才能等到她醒来？

"她会醒过来的。"

两个小时，一百二十分钟，七千二百秒。

时间其实过得比想象中要快，一年也不过三千多万秒而已。每一秒，天空中的裂痕都在扩散，从苍穹的顶端向四处散开。裂痕后面无尽的黑暗吞噬了结界释放出的金光。

大祭司把飞机停在空中。他们知道时候到了。

这里是大祭司能送他们的最后一程了，之后的路，要他们自己走。

跳下飞机的过程他们练习过无数次，直到成了本能。天诺抱着天音已经跳了下去，樱铭站在舱门前，却久久没有跳下去，像是有什么要和大祭司说。

大祭司只是笑着对他说："去吧，我相信你。"

大祭司临时做的计划是让他们找到雪域里通往第一世界的通道，而他自己则留在银格修补裂开的天空。

樱铭低下头，跪下来行了最庄严的骑士礼，然后才后背朝下跳下了飞机。

第1923次日落

雪伴随着大风刮到脸上像刀子一般疼，但他对于疼痛早就麻木了，甚至于没有意识到脸上的那两行温热的东西。

他一直看着那架飞机，仿佛只要眨一下眼飞机就会飞走。可是直到他双脚平稳地落到地上，那架飞机仍然盘旋在空中。

他就这样望着那扇螺旋桨转了一圈又一圈。他在等，他知道大祭司也在等，直到最后一刻。

没时间了，他知道。如果大祭司再不动手的话，他还没来得及回到训练场那边，就要因为裂痕被永远地隔绝在通往雪域的荒凉凄冷的路上了，要是这样能让大祭司留下来多好。

但是田还在训练场，还有那么多人在等着大祭司，整个银格还需要大祭司。

樱铭举起右手，狠心地在空中划了一道弧线。天空顺着这道弧线裂开一条黑色的缝隙。源源不断的黑色从上方涌下来。像是把墨泼在了水里一样。那黑色越来越浓郁，最后终于成了一道黑色的屏障隔开了他和飞机。

他知道这是永别了，和大祭司的永别，这么简短而仓促。

第26章·事故

他的身体不自觉地缩成一个团，风衣的领子挡住了外面的风雪，但他却不住地颤抖，他终于感到自己脸上温热的液体顺着脖颈流进身体更深的地方。

他看到一只手，是天诺的。天诺使劲拍了拍他的肩膀，把他从地上拽起来："我们都还需要你。"

樱铭点点头，风把雪刮到脸上，像是有一把匕首在一点一点地割掉他们的肌肤。背后的世界已经看不到了，不仅是大祭司的飞机，连那隔断时空的黑色的帘幕也被漫天的雪花遮掩起来。

樱铭向远方的雪域走去，这个世界，只剩下他们五个人了。

和水底古城不一样，雪域并不是一个避难所。雪域是银格魂力的源泉，几乎是地核一样重要的存在。在远古的暗夜骑士去世后就几乎再也没人进过这里，传说是因为暗夜骑士的魂兽在这里。

火骑士在知道自己时日不多的时候，在雪域附近建起了全银格最结实的结界，只是为了没有人打扰到这只异瞳的狮子。听说他同时也留了一条通往第一世界的隧道，或许是因为他知道那里是他的家吧。

他们走了很久，走到透过白色的雪帐能看到结界里那千万缕金色的丝线，甚至雪域里的风平浪静也能透过屏障看到。结界很薄，大概比一张卡纸还要薄，但这却是银格现存的所有结界里最难破解的一个。

若不是因为有樱铭可以用风诀操纵周围的飓风，他们恐怕在百步之外就已经被大风卷到空中了。现在他们尽了最大的努力仍然也只是能保持他们不被飓风卷走而已。

或许是考虑到了那只洁白的狮子的杀伤力有多大，雪域的结界是一个双面的结界，无法进也无法出。那只狮子并不是被抛弃在雪域的，他们的前辈会离开是因为他们在建立了和地球的联系之后只有他有能力建造出永久的时空通道，只是他没想到，他这么一走就再也没有回来过。

樱铭上次进来雪域，那一次连他自己都不知道是如何做到的。他向幽光求助，幽光说考虑到当初建这个结界的原因，说不准暗夜骑士的徽章就是结界的钥匙。

樱铭把自己的骑士徽章从胸前解下来，把它贴在了结界上，或者说还没等他把徽章贴在结界上结界就已经自然地向两边裂开了。

雪域的屏障在他们身后又缓缓地合上了。

樱铭把天音昏睡过去的身体平放到地上，然后精疲力竭地也在土地上躺下来，头顶的天空还是一片清澈的蓝色，还是早上没有裂开时的颜色。

不过是三个小时而已，这一切的变化来得这么快，他们甚至都来不及思考，只是凭着本能走到了这一步。

三个小时之前他们还过着平稳的生活，畅想着等把银格重建好之后要如何回地球庆祝，要如何三天三夜不醉不休。然而三个小时后他们就再也回不到银格，回不到地球，见不到火锅店那明亮的玻璃，训练场昏黄的灯光，用粉笔写满的砖墙。那条小径，那座滑梯也都消失了，消失在黑色的宇宙里，他们再也看不到，摸不着。甚至连水底古城，也消失在黑色的虚无的宇宙中。

"不知道雷傲怎么样……不知道他在水底古城里有没有多一点幸运，抓住他用一生想要紧紧握住的那抹白色的倩影。"

（三）

大地震了一下，头顶的蓝色里出现了一阵阵的水波。

雷傲低头看身旁的井水，不知何时冒出了越来越多的泡泡。

在看着樱铭戴着那枚没有破损的徽章消失在水墙里之后，他又回到了这里。

回来的时候寺庙的大门已经关上了，他从高墙翻进来，后殿的大门也被关上了，怎么砸也砸不开。

那些井水又变成了普通的井水，投入再多的魂力也不会让它们像当初一样在黑夜里发光。

他没想过要离开，不管那抹身影是真是假，他都不想再回去了。他去哪里都是给周围的人添乱而已。

在那天之后，他不止一次见到那抹白色的身影，和他最后一次见到她一样，除了她的中指上戴上了那枚镶着钻石的戒指。

她对他笑，和他聊天，但是每当太阳越过天边的那条线，无论是高一点还是低一点，她就又消失得无影无踪了。雷傲发现，他每天只有在日初和日落的时候能见到她。剩下的时间他就在水底古城里百无聊赖地逛一逛，消磨等待伊奕的时间。那孤灯的花纹，那被打碎了的石狮，甚至只是一片青砖，都那么亲切，仿佛就像他和樱铭说的那样，这里是他的归宿。

第26章・事故

头顶的水波越来越密集，雷傲像往常一样躺在寺庙的屋顶上，等着日落时分和伊奕的相见。但现在还为时尚早，雷傲正打算先小憩一会儿的时候身后却传来了窸窣的声音。雷傲问："伊奕，是你吗？"

没有回答，但是细碎的声音停止了。雷傲转过头，看到一个白色的身影安静地站在他的身后。雷傲愣住了，那切切实实是伊奕的样子。

远处下起了雨，水从天空中泼下来，仿佛可以拨开空气中的那一层迷雾。

"你想知道我都去哪了吗？"白色的身影问。

"不想，你现在在就足够了。"

雷傲笑，一如当年那样有点邪，有点痞，有点阳光，有点干净。白色的身影看到他的笑也跟着他一起笑："我爱你，但是要来不及了。"

雷傲向伊奕身后望去，大量的水从水底古城的上方倾泻而入，已经将房子淹没了大半。

"等等，"雷傲拽住那白色的身影："我爱你，嫁给我好吗？"

那个白色的身影停下来，仿佛不再恐惧蔓延上来的水潮。她把左手伸出来，把戒指从中指上取下来，交给雷傲。

雷傲的手指拂过戒指的内侧，那里还刻着yy两个字。雷傲一圈又一圈地摸着，仿佛这样就可以把那两个字镌刻进他的记忆。

更多的水泼下来，蔓延进寺庙里，蔓延到他们的脚边。

他把戒指戴在伊奕的无名指上，湖里的水淹没了整个水底古城。

雷傲抱住伊奕，他们一同向水底落去。

整座水底古城是那么平静。

第27章·雪崩

（一）

幽光和浮尘顺着魂力的感应，走到了一个大祭司的地图上没有描绘的地方。

瞳就在那里，浓密的鬃毛上落着飘落的雪花。

他们最开始都没有注意到它，尽管那时候他们已经走得很近。

虽然她不相信轮回，但看到浮尘和"瞳"，她却仿佛看到了他们前世今生的所有故事。仿佛他们的宿命里必定有着什么，会让他们相遇。

就在那时："瞳"睁开了眼。像是总算睡饱了一样，它满足地伸了一个懒腰，黑色的指甲从肉蒲里伸出来又缩回去。它的眼角带着笑，像是梦到了什么快乐的回忆。

然后，它看到了浮尘。

它站在那里，望着浮尘，那么久，视线都没有移开。它猛地甩了甩自己的鬃毛，发现浮尘还在那里时它的眼里满满的都是惊诧的喜悦，像是发生了不可置信的奇迹。

浮尘也看着它，那么久，甚至湿润了眼眶。

它看到他们两个人嘴角淡淡的笑容越来越深，像是在看两个老友相逢的场景。

在那一红一蓝两只眸子里它仿佛看到了他们的故事，只是那么短短的一秒的时间，它竟然读到了千年的沧桑。

火骑士离开这里，设下了结界和通道，对它施了催眠术。他们的先辈是人，总会有生老病死，但是瞳是神兽。他们的先辈留下这个通道，因为他们预测自己可能会回不来了，但他们希望瞳能回到它原本的世界。

但是当瞳在百年后从催眠术下醒过来时先辈们已经去世多年。它知道他们不在了，在他们离开，把它锁在结界里那一刻就知道。但是它固执地留了下来。它是神兽，就算不进食也可以存活千年。

它在这里徘徊了许久，它试图冲出结界，但结界外的大风把它挡了回来。它在百年的时间里试了千百次，但是它知道，他们的前辈真的走了，再也回不来了。于是它哭了，整个雪域的积雪都是它的眼泪。

雪不停地下，落在它的毛发上，但是它却不知道怎么停止这一切。

这场雪，耗尽了它所有的力气，它又陷入了沉睡。

直到一年前，结界出现破洞，魂力的动荡使得它又醒了过来。

那一次，它救了浮尘。

瞳欢快地扑向浮尘，浮尘开心地抱住它的脖颈。

幽光站在一边开心地笑。那只狮子注意到她，松开浮尘，对幽光行了个狮子界的绅士礼。

"真是成了精了！"幽光笑着，轻轻地抚摸着瞳的鬃毛。

（二）

樱铭三人进入雪域的第二天就分开了。樱铭进入雪域中心找幽光和浮尘会合；由于天音昏睡不醒，所以天诺就留在边界照顾天音，等待樱铭和幽光、浮尘归来。

这一等就是一个星期，天音一直昏昏沉沉地睡着，不说梦话，也不打呼噜，仿佛一直在做一场甜蜜的梦。就这样逃掉所有的纷争也是个不错的事情。

幽光和浮尘找到了天诺和天音。

在见到瞳的一瞬间，天诺体内有什么东西躁动起来，一条巴掌大小通体通红的龙从天诺的背后跳下来，爬到了瞳的身上。

天诺恍惚记得他从水底古城出来时差点毙溺在水中，他一直以为他活到现在是个奇迹……没想到，身边一直有这个小家伙。

"瞳，这是我的弟弟天诺。他旁边的这位是天音，他的女朋友，我的好朋友。"

瞳和那条小龙停下来，他们看向躺在地上的天音，定定地望着她。

瞳退后了一步，爪子在雪里抓了一下又一下，在已经结成冰的雪里留下一道深深的白色的痕迹。

天诺看事态不对，把天音藏在自己身后。浮尘赶上去，试图控制住瞳，但已经晚了。

它跳起来扑向了天诺，充满敌意地张开了他的血盆大口。

天诺抱起天音，向远处跑去。

"跟我走。"幽光出现在天诺面前，一个急转逃向右侧。

天诺跟上去，能感到瞳几乎就要追上他了。幽光从空中跃起，绕到天诺的身后，猛地推了一把。

天诺抱着天音摔到土质的地面上。天诺放下天音，想去接应幽光，却看到幽光摔在雪地里。瞳扑向他，却被一道从他面前的洞口划过的黑色的影子严严实实地挡住了。

是幽光用土诀削下了整个山顶把瞳挡在了外面。

在那之后，他们的周围就只剩下黑暗，和从山丘深处传来的雷声。

天诺知道那是雪崩的声音。

第 28 章 · 苏醒

这一觉，天音睡了很久，久到她醒来的时候对周围发生的一切都一无所知。

她的周围都发生了什么，她现在在哪儿，一切都仿佛是一个世纪以前的事情。

她做了一个很安静的梦，一个重复过千百次的梦。

他抱着她走在雪地里。天穹燃烧成火红的颜色，裂成了一层又一层的金箔。金箔落下来像一道一道的火光从她们身边擦过。

他平静地抱着她，一步又一步坚定地向远处的高山走去。

她有一种预感，她知道他们为什么要去那里，就像是受到了召唤一样。

第28章·苏醒

不过是几个小时前,她还在训练场里,她还在练习如何操控魂力。

但一个瞬间,她就在爆炸声中失去了意识。

她是不是在风爆里跳下了飞机,然后又安然地睡下了?

天音记得哥哥站在雪地里,没像往常一样温柔地找她,而只是望着远处空无一物的黑色的天空,所有的光芒都消失了,难道她昏睡了一整个白天吗?

天诺是第一个来找她的,扶着她深一脚浅一脚地在雪里走。他说,他们在找幽光和浮尘。

天音又睡了过去。

又是漫长的一觉,她的身体麻木得没有知觉,她感觉到周围的空气,她意识到自己很快就能醒来。

在平静的火光里,她想起她在哪里,她在做什么。她缓缓地睁开眼,看到天诺坐在对面。

一簇很小很小的红色的火苗缠绕在他的指尖。他的手掌偶尔翻动,那团火苗就像是水晶球一样黏在他的手掌上。像是魔术师的扑克牌一般,那一点微弱的光芒在他的手指间跳跃着。

他以前经常凭着这一套招摇过市,在酒吧,在餐厅,甚至只是自己一个人在厨房烧菜的时候。所有人都说他只是在耍帅，甚至连他自己也这么说。可后来才知道，这最初不过是他孤独难过的时候打发时间玩的把戏。

　　天音没有出声，只是看着远处的面孔出神。他那琥珀色的瞳孔在火光下泛出红色的光泽，显得那么宁静。不，不只是他的瞳孔，他的整个眼眶都是红色的。

　　他并不是那个熟悉的天诺，不是那个嬉皮笑脸，很少正经，却仍然干净得像天使般的天诺。

　　他细腻的脸上有一道细长的伤口，他柔顺的头发被蹂躏成一团乱麻，他卷起的袖口上还有泥土的痕迹。他坐在那里，身上不再像往日一般仿佛闪着金色的光芒。他只有嘴角上扬，那个弧度让她想起了雷傲的落寞，那个高傲得不可一世却会因为一个女孩整晚地坐在废墟上失魂落魄地看月亮的雷傲。

　　只是他们头上没有月亮，也没有星星。所以才需要火光吧，总要有什么光亮的东西才不会感到害怕吧。

　　鼻子酸酸的，眼泪顺着她的脸颊淌下来，一直流进耳蜗。不知道发生了什么，但她的心也跟着绞痛。

　　天诺看过来，绝望地又移开了眼。他脸上的两道晶莹的痕迹在火光下变得更清晰了。

第28章·苏醒

天音张了张嘴,声带干涩地震动出一个轻微的呻吟声。

天诺转回头,眼里闪过那么一刹那的兴奋。然后,他熄灭了手心里的火苗。

但他没有走过来,他坐在她的对面,也没有说话。只是过了很久之后,她听到了他微弱的啜泣声。

等了很久,他紧紧地抱住了她,仿佛她是稍不留神就会像指缝间流走的那粒沙子一样。

她想抬起手给他一个拥抱,但是她做不到,她僵硬得像一根木头;她只能感觉到她的泪水夹杂着他的一起顺着脖颈向下滑去。

过了很久,他轻轻地松开手,把她扶起来靠在背后的墙上。

他重新在远处燃起了一团火。

两侧的墙壁在火光的照耀下露出了斑驳的纹路。

她这才意识到,她现在不在雪域的边界,她在一个山洞里。

现在也不是夜晚,因为看不见天空。

更重要的,除了天诺,幽光、浮尘和哥哥都消失了。

"我睡了很久吗?"天音问。她的声音很模糊,但天诺听得懂。

"嗯，大概三个星期吧。"

"我们在山洞里吗？"

"嗯。"

"那，幽光他们……"

天诺没有看她，只是低头看着脚底的土；他也没有回答，只是咬着下嘴唇犹豫了许久："没有你想的那么糟糕。"

这是他给的答案。

到底怎么了？那一刻她竟然恨起自己，恨自己不能早点从梦境里醒来，恨自己在所有人都在以性命相抵的时候，自己却沉浸在一个宁静的梦里无法脱身。

或许是因为山体的石头有一些奇怪的磁场，对魂力会有干扰，天音醒来之后又昏昏沉沉地睡去了好几次。一次醒来，在昏暗的灯光下，天音问天诺到底发生了什么。

"那些雪埋住了姐姐，但却救了我。四天过去了，我一直守在门前没有动一步。我不敢点火，因为我知道这隧道里的空气有限。我也不敢动门口的那层土，因为姐姐就埋在那厚实的积雪下，我不想再引起一次雪崩。我听不到外面的声音，和外面没有交流。我无数次用传音入密却都被山体挡回来了。在黑暗里，我看不到光亮。我那么害怕，我想叫姐姐，想叫浮尘，想叫樱铭，但他们都听不到。我只能等。等浮尘找到姐姐，等瞳平静之后来找我。除此之外我别无他选。"

"天诺，你做过一个梦吗？"

"什么？"

"自从来到银格开始，甚至在我认识你之前，我就会时不时地梦到你。我梦到你抱着我，走在雪域的积雪上。我梦见火红色的天空，整个世界都像是被点燃了一样。"

天诺没有回答。虽然没有见过这样的场景，但听天音的描述总有一种似曾相识的感觉，像是在过去的某一天，真真实实地发生过一样。

他摇摇头，把自己的注意力放到更关键的问题上。自从天音醒来，他每天都在纠结这个问题，他应该把洞口的墙击碎带着天音出去的。这么多天过去了，他等的大概只是一个已经既定的结局罢了。他舍不得告诉自己真相，只想多等一秒，再一秒，再一秒。

每一秒，他都期待着奇迹会发生。每一次听到什么微弱的动静，他都会不由自主地看向墙洞，希望有一道光照进来，希望又能看到姐姐的笑脸，希望那场雪崩没有发生……

　　被泥土遮盖住的洞口似乎从外面烧了起来，像龟背一样龟裂开来。

　　红色的火光从缝隙里透出来，天诺知道，是时候该出去了。

　　天诺召唤出零度空间里的流星锤，借助着冲向火帘的力量将流星锤顺势甩出。

　　燃烧着的土块被击碎，向外面滑下去。

　　天诺及时刹住车，停在了山洞的边缘。山洞的下面什么都没了，只有一片烧焦的土块。

　　他抬起头，以为看到了幻觉。红色的火墙之外是一场更大的火，天空像是干涸的地表一样裂开，中间露出的金红色的光像流动的岩浆。周围安静得只听得到火焰燃烧的声音，像是有一条火龙要吞噬这里。整个雪域都被点燃了。

　　他回过头，天音坐了起来，似乎是醒了，她说："我们出去吧。"

　　天诺问："去哪里？"

　　天音说："你就向前走，一直向前走。"

　　天诺没再说什么，只是一把抱起了天音。五层楼高的悬崖，抱着天音他不敢向下跳，但这似乎又是他唯一的出路。

天音躺在她的怀里,轻轻地说:"我相信你。"

天诺闭眼跃了下去,感觉身下有一阵风托着他,像是慢镜头一般,他看到他路过燃烧着的焦土,然后,猛然落到地上。

天音又昏了过去,在用尽她身上的所有魂力之后。

天诺躺在冰凉的雪地里,天音落在他的身上。他不想坐起来,看着天空,忽然感觉这一切很美。

至少是个美好的结局,他想,他和天音,和姐姐,和樱铭,和浮尘,一起长眠在这个地方。也许有一天,大祭司会重新建立起银格;也许有一天,他会回来这里;也许有一天,他会看到他们,然后把他们埋葬。又或许,整个雪域都会消失,随着结界的毁灭,幻化成无尽的黑色时空里的尘埃。

他们也跟着化为灰尘,在几亿年后,再成为下一个时空。

天诺笑了,泪水淌进嘴角,有一种清泉淡淡的甜味。

他满足地闭上眼睛,结束了,就让一切都这么结束吧。

第1923次日落

然而结界的碎片落在他的身边,擦着他的发丝落进雪里。

天诺惊醒过来。

在他闭上眼的那一瞬间,他看到了远方,看到了幽光,看到了浮尘,看到了樱铭。

或许他们命里不该结束于此。

他好像知道了该向哪走,像天音说的那样,走向远方,只要,走向远方就好。

天诺站起来,把天音抱在怀里,向远处走去。

第 1923 次日落·前传

我最后的守护是离开，在看不到你的地方守望。

故事发生在一个岛屿上风暴过后的第一个晴天。

王后云月与她未满六岁却已然娇俏漂亮的女儿汐一起在沙滩上走着。

湿淋淋的沙滩在阳光的照射下变得温暖而松软，汐贪婪地望着眼前不再波涛汹涌的大海，有一个月没有看见这样清澈的海了。

"母后，那是什么？"

云月的目光顺着汐的手指一直延伸到远方海天相接的地方，湛蓝的大海上是一片耀眼的红色："是红色的鱼群，以及被风雨洗劫而丧生的人们。"

"那个人，是不是还活着。"

第1923次日落

云月一惊,那些鱼似是在争食死去人群的尸体,但仔细观察,能看到有那么一个男孩,平静地躺在鱼群之上,面无表情,犹如他已在海底沉睡千年,周围的一切与他都毫无干系。鱼从他的身体下方游过,抑或是跃起,但是没有一条鱼敢接近他,只是在恰到好处的时候把他托出水面。

"把那个人救上来。"王后向身后招了招手,命令随从把男孩救上来。

男孩被平稳地抬到沙滩上,汐好奇地凑过去,男孩白皙的皮肤上沾着沙砾,在阳光下变得有些透明。

他修长的手指在沙上留下一道抓痕,醒了过来。"我这是在哪里?"

蓝色的双眸,比大海的颜色还要深沉。如晴朗的夜空,深蓝色中闪着点点星光,清澈,却不见底。

"流朱岛。"阳光下,汐的眼睛眯成了一弯月牙。她伸出手,想把男孩拉起来。但是男孩却保持着半躺的姿势不为所动。

"我是云月,这里的王后,不妨与我先回到宫中歇息再做安排。"女人轻轻地把男孩拉了起来,带着他朝远处的宫殿走去。

有人说男孩的出现是不祥的预兆，也有人说男孩是海神的后代。然而，再多的争论都因为汐对于男孩的喜爱而终止了。

就这样，男孩在宫中留了下来，尽管在那次海难中，他失忆了。名字连同记忆一起遗失在海底的某个角落。

他在宫中住了一年，除了衣食无忧，生活上却甚少有人问津。王宫是个势力的地方，男孩只是从沙滩上捡来的一个漂亮娃娃，没有人愿意浪费时间在他身上。

因此，一年里他甚至连一个正经的名字都没有。直到他生日那天（其实就是他被领回宫中的那一天）云月为他办了一场生日宴。

"你以后就叫焰吧。"云月看向男孩，虽然这样的形容放在一个不超六岁的男孩身上不太合适，但他确实是那样宁静，而又那样耀眼。一个五六岁的孩子能记得什么，本来以为他能很快适应这里，然而这一年里他却始终沉默寡言，永远一副深沉而忧郁的样子。

"谢王后，焰很喜欢。"焰行了一个大礼，嘴角莫名的挂着满足的微笑。汐看到这个阴郁的男孩笑得那么开心，不知不觉间，她也翘起了嘴角。

她不知道，孩童间的喜爱就是这样简单，会因为对方简单的笑容而开心。

"快快请起，从今后，你便是我们家庭的一员，大可不必如此。汐，你与他年龄相仿，有空也要多与他相伴。"

"汐明白。"

此后，汐和焰在云月看似无意实则有意地撮合下，一同读书认字，一同学习骑术，到后来，甚至连生活起居也只是一堵墙的距离，这边敲敲墙，对面就能听见。

故事讲到这里，似乎已经进入高潮，此后便理所当然的是王子与公主的幸福故事。然而，这恐怕只是个引子，连正文都算不了，真正的故事始于焰十六岁那年。

那一年，以海上交易为主业的流朱岛台风不断，上到王公贵族，下到黎民百姓日子都不好过。

狂风接连刮了一周之后终于停了下来，然而雨点却无情地毫无停歇之意。整个流朱岛像是荒死了一样，若非不停坠下的雨珠，这里就像是被时间遗忘了一样凝固着。

然而，纵然天气如此，也有一个人推开了大门，去花园里摘刚好成熟的水果，然后一个人跑去膳房做那道因为暴风雨厨师们都不愿花时间做的菜肴。

当他再回到屋里的时候，已经被浇得透湿，然而装着菜肴的木盒却在他的掩护下没有被雨水侵染一丝一毫。他换上平日里穿的衣服，趁着手中蒸笼里的菜还冒着热气，敲开了隔壁的门。

无人应答，焰推开门，看到一袭长裙的汐席地而坐，头上用一根银质的发簪挽了一个简单的发髻，大部分的青丝仍然垂在身后。

"汐的字真美。"焰走过去，俯下身看到了汐练的书法。

"你就别笑我了，母后一直对你的字画赞赏有加，我又如何比得了。不过你弃文从武也真是可惜了，到底是为什么啊？"汐抬起头，目光落在焰的手臂上新增的一道疤痕上。烛光下，伤口还是鲜艳的血红色。"莫非你还想文武双全不成啊。"

"小伤，没事的。"焰低头看手臂上的伤口，他自知他虽看似柔弱但并非不是习武的料，只是哥哥们一直百般刁难，他也只得忍气吞声，这伤也是这样造成的。焰嘴角轻轻挂出一个抚慰的微笑，他怎么可能不知道汐的担心："喜欢而已，你不也一样，不善写字，最近不也练起字来。"

"还不是因为最近风暴父王不让外出，要不然谁愿意待在这里。不过你刚刚还说我的字好看，现在又说我不擅长，果然是奉承献媚，现在露馅了吧。"汐没有告诉焰她苦苦练字不过是为了一个特殊的惊喜，这样隐瞒的感觉也实为有趣。

"我奉承个头啊你，我又不是什么需要升官发财的大臣。"

"那也可以奉承啊，你要是多说点好话，说不准哪天父王就同意我们的婚事了。"

"给你带的吃的。"焰把菜点摞在桌上，转身就朝门外走，背影很是潇洒。不是故意的，只是他一时也不知道要如何回应婚事那两个字。

"等等嘛，你去哪？"

"还不是在这宫里待着，现在连花园都没法进。"

"看在你可怜，就回来一起和我把东西吃了再走好了。"

"好吧。"焰转过身，嘴角是难以掩盖的阴谋得逞后的得意笑容。

"不过啊，到底是为什么啊，哥哥们那么刁难你，你干吗还要习武。最初说是要配合治疗也就罢了，现在完全就是弃文从武了。"

"就是不告诉你。"

"不说就不说嘛，不过你又是从哪弄来的这些吃的？

膳房这几日都不做这个的。"

"我喂你，张嘴。"

"傻瓜！"

"怎么，嫉妒我的厨艺了。"

"你把盐放成糖了好不好。"

"我有吗？"焰挑挑眉，用筷子挑了一点汤汁放进了嘴里，"哪里有，分明就是咸的。一个从来不下厨的人就不要挑三拣四了好不好。"

"骗你的啦。这个是你做的吧，多少也吃一点。"汐放下笔轻轻地靠到焰的肩头上："我困了。"

"睡吧。"焰把汐的头移到了他的左肩上，腾出右手来用指尖一下又一下轻柔地捋顺她绸缎般的秀发。他们从小就是这样长大的，他喜欢汐，也知道汐喜欢他。若说婚事，在一年前他必定比谁都开心，毕竟汐是他在这宫里唯一的快乐的源泉，只是……

"你说，那些风行者的传闻是真的吗？"汐抬头，正巧能看到焰蓝色的眼睛，那样的平静，亦如她第一次见到他那天时的大海。

"希望不是真的，但无风不起浪。"

"如果真是这样，说不准到时候我还能保护你，哥哥们都不一定敌得过我的。我到时候就成为流朱岛上的第一名女骑士，一定很帅。"

"傻瓜。"焰低下头，轻轻地吻了一下汐的额头。

就如传闻所说的那样，两月后，大批风行者被发现了。他们聚集在流朱岛偏远的悬崖洞穴里。那悬崖下面是一片惊涛骇浪，另一面是茂密的丛林，地势复杂。

丛林并非流朱岛以水性为主导的军队所擅长的区域，而在惊涛骇浪中攻击也绝对不是最上选之策。

整座岛上没有将领愿意带兵打这场没有把握的仗，除了汐和焰。

国王私下不想让自己的小女儿这么快就去经历风雨，所以在百般思索下还是决定派焰出征。

出征的日子定在焰的生日那天，焰的十六岁生日宴会也是他的出征大典。而这之前焰只有一个月的时间准备。三十天，短暂得只是几次日出日落就可以敷衍。

汐每天都和焰待在一起，试图抓住每一分每一秒。然而带兵打仗并非儿戏，对于初次出征的焰来说，一个月的时间都显得仓促。因为不想每天只能坐在一边看着焰蓝色的双眼充满了血丝，汐每天在焰和大将军讨论布局的时候也跟着一起思考；在焰需要练武的时候自己提着双剑上阵；她看到他每天一沾枕头就睡着，但每天早上都还是会在太阳升起之前起床。

她想和他像过去一样安安静静地度过一天，但是发现焰做不到，她也做不到。毕竟出征打仗也是她积在心底的一方梦想，如果焰留在了她的身边，她反而会生气。

出征那天的清晨，汐穿好她的战服，走进焰的房间。焰驱退了屋里的所有人，因为这是一个只留给汐的清晨。

汐把铠甲一件一件帮焰穿上，最后再系上宝蓝色的披风。这样的步骤她重复过很多次，给自己在训练的时候，给兄长在出征之前，但是给焰，还是第一次。"生日快乐！"

"谢谢汐。"就算两个人中间隔着厚重的铠甲，焰还是给了汐一个深情的吻。

"焰，我还想帮你过你的十七岁，十八岁，十九岁……一百岁的生日。所以要平安回来好吗？"汐蹲下来，掀起身边的木盒的盖子，里面是一根银制的流星锤："它的名字叫作龙焰。"

焰看着流星锤，心里很是复杂。这一次父皇派他出战其实未必是因为期待他能够凯旋,而是或许早就做好了迎接两败俱伤的结果的准备。

流传里,流朱岛的风暴除了风行者的作祟,也有可能是十六年前就引进的祸根。都说水克火,但是火过强则水灭。有人说焰就是这过强的火,他汲取整座岛屿的精华,最后只会给这里带来灭顶之灾。

焰在心里不愿意接受这样的传言,但是他日渐强大的魂力和掌控力却着实让他感到害怕。这座岛上没有人能教他火诀,但是他却无师自通,差点纵火烧掉他的宫殿。有时候连他自己都会怀疑是否他真的是这一切灾害的元凶。

"喂,不能这样啊,我都已经给你过了十六岁生日,你难道还想逃掉不帮我过不成?告诉你,我的生日你一个都不许逃掉!"见焰没有反应,汐说。

"我不会逃的。"

"这才对嘛,我做的早餐。"

"你做的?我还是不要吃了吧,生病了会很麻烦的。"

"去你的,生病个头啊。我可是很认真地学了一个月的。"

"那还把糖放成盐。"

"我哪里有?"

"我什么时候骗过你?"

"好像确实是放错了。"汐用筷子挑了一点汤汁出来抿了一下,皱了皱眉头。

"但还是不错的。"

"不错个头啊,喂喂喂,别吃了,我叫他们送一份新的过来。"汐的脸一下子涨红了,准备了那么久的惊喜,最后还是掉了链子。她想把焰手里的碗抢过来,却不知为何看到了焰的双眼。那里红红的,不再是一片晶莹的海洋。一滴泪珠从里面流出,淌过他的面颊,滴在饭里。

"傻瓜,难吃得要哭了。"焰抬起手,把泪珠抹去,把汐搂到了怀里:"我不在的这些时候要照顾好自己。"

"那你会回来的,对吗?"

焰没有回答。

七日后战场传来快报,所有风行者都依次撤回,唯有首领"涧"不见了踪影。同时一起消失的,还有焰。

同焰随行的将军说焰单枪匹马调开了涧,他们才有可能突袭成功。而焰则和敌方首领一路纠缠进了森林。那里地形险恶,他们已经派人去搜寻了,但是最后的结果未必尽如人意。

焰的铠甲被刺穿了,左臂上的伤口迟迟无法凝固,鲜血顺着流星锤的银链淌到地上的岩石上,滴答,滴答。

"这里是地府吗?"焰睁开眼,周围一片漆黑。

"哼,果真命硬,这样也没死。"

焰微微转头,瞟到背后的那个人影,不知道他是如何出现在这里的,刚刚还感觉不到一点他的气息。

"拜你所赐,刚刚你那一剑刺下去我就死了。"

"我倒是想杀你,但是啊,杀了你也没有好处,所以喽。"

焰的蓝眼睛很快地适应了黑暗。对方已经把铠甲卸了下来,露出了他褐色的卷发。他和焰一样都是少年,只是更为高挑。

"所以?"

"你是焰吧?"

"是,但是就怕你除此之外也没什么好问的。"焰露出轻蔑的一笑,卸下铠甲若不是因为对方轻敌,那大体就是因为对方已经没了什么恶意。

"我没有那个意思。在下涧,风行者,凌锡国银骑士。"

"银骑士一般不是公主的贴身侍卫吗?怎么出来带兵

打仗了。"

"打仗不过是个幌子,你看我们不也没有挑衅吗?"

"除了那场风暴?"

"你是主将,你也清楚我们这么多人就算一起使用风诀也未必能形成如此灾难般的风暴吧。"

"也不是不可能,我看你独自一人就有能力掀起这样的腥风血雨吧。"焰看向对方那张干净的脸,果然是人不可以貌相。

"是可以,但如果真是我掀起的风暴,而且有心开战的话,我才不会做这么费时费力又无用的攻击,就吹倒几棵椰子树?"

"哦?那你说说看。"焰竟然不反感自己面前的这个叫作涧的地方将领。

"或许只是因为天灾喽。"

"一点说服力都没有。"

"那再给你讲另外一个可能。十年前,极地的火系王子曜于一场海难中沉船消失,时年六岁。当时船失事的地点与流朱岛相差不远。"

"你是在指我吧?"

"没有啊,但是这么多年过去了,你失去的记忆也该找回来了吧。"

天诺没有回答，因为他知道涧说的句句属实。随着他一天天长大，他会在某个时刻，看到某个东西，忽然想起自己曾经见过相似的场景。最开始他不以为然，但后来他渐渐地发现那些记忆的细节并不来自流朱岛。

"你也许是对的，我终归是要走的，但是我不想留下汐一个人。"

"不过说句实话，你留在这可能真的会害了汐。你也知道，极地的人是不应该离开极地的。就算离开了也只能待在属性相同的国家里。并非我想多嘴什么，只是你身为极地的火系王子，你的力量强大到你自己都无法想象，就算你想控制住你自己也没有用。你要回去，这是天意。就算你现在不愿意和我去极地，你早晚也要离开这岛屿的。"

天诺想起来，在暴风雨来临之前，梦里曾有一条火龙说要带他回家。

"你也是极地的人？"

"我不是，但我是暗夜骑士。"涧从自己的脖子上扯下来一条项链，上面挂着的徽章在黑暗里闪闪发光。

"我可以相信你吗？"焰问他。

"那要看你了。"涧说。

焰托人把自己的铠甲送了回去，因为他知道那铠甲上有汐刻上的字，只是他已经不配再拥有那副铠甲。流星锤他收下了，因为他最终还是舍不得忘记他在流朱岛的十年。

在焰离开后，流朱岛又成了那个顺风顺水的流朱岛。所以焰知道，他确实是罪魁祸首，他没脸再回去。

再后来，是战乱的年代，汐因为战场上的英姿而成为家喻户晓的女战神。

那一日，汐收到了一枚徽章，上面黑色的花纹属于暗夜骑士。她把徽章翻到背面，上面刻着一个焰字，和她十六岁那年刻在焰铠甲上的字一模一样。

她知道焰没有死。

那徽章后面附着一张纸条，上面写着："汐，跟我走吧，我还想给你过九十九岁的生日。"

那是躲在暗处的焰第一次看到她哭。十年的感情她必然没忘，若是十年前，她恐怕说走就走了，但现在，有一整个国家需要她守护。

所以汐留了下来，焰则拉着涧离开了。

涧问他不会后悔吗？

焰说:"你知道吗,爱一个人并非简单地保护她就行了,还要懂得她想要什么,让她开心。我保护不了她,恐怕也无法让她开心。要说后悔,我只后悔十年前不够强大,有些事情错过就不再回得去了。"

所以焰走了,和涧去了银格再也没有回来。

而汐也没能等到她的九十九岁生日,她在二十八岁就战死沙场。

死时,她穿着一身破旧的男士铠甲,手里握着的纸条上写道:"我最后的守护是离开,在看不到你的地方守望。"

汐望着天空,仿佛在遥远的地方,真的能见到那双湛蓝的双眼。

尾声

像是下雨了。

有什么凉凉的东西滴在她的脸颊上,有风拂过她的面颊,是一股咸腥的味道。

她睁开眼,红色消失了,周围凉飕飕的,头顶的云彩还被染上一抹淡淡的紫色。

那朵云飘走,留下一瓶打翻的蓝色墨水在天空中晕染成一片深邃的蓝色,像是夜里水底古城头顶的那一片天空。

她看到了星星,还有一轮皎洁的月亮。

在不远的地方,有微弱的声音。她望过去,看到了幽光。她轻轻地钩住了她的手:"一切都过去了。"

都过去了,她一次次出现的梦魇过去了,樱铭和浮尘也安然无恙。天音点头,把目光转向身旁的天诺,转向那个一次次出现在她见不到结局的梦里的他。

天诺睁开他的双眼,琥珀色的眸子依然清透。

他们团聚了。

从樱铭消失算起,经历了一千九百二十三次日落之后,他们所有人终于聚在了一起。